O NONO MÊS

COLEÇÃO PARALELOS
DIREÇÃO: J. Guinsburg

EDIÇÃO DE TEXTO: Adriano Carvalho Araújo e Sousa
REVISÃO: Raquel Fernandes Abranches
PROJETO GRÁFICO E CAPA: Sergio Kon
PRODUÇÃO: Ricardo W. Neves, Sergio Kon e Raquel Fernandes Abranches

Dados Internacionais de Catalogação
na Publicação (CIP)
(Câmara Brasileira do Livro, SP, Brasil)

Leirner, Giselda
    O nono mês / Giselda Leirner. – São Paulo:
Perspectiva, 2008. – (Paralelos; 25)

ISBN 978-85-273-0830-4

1. Ficção brasileira 1. Título.

08-05632   CDD-869.93

Índices para catálogo sistemático:

1. Ficção: Literatura brasileira   869.93

Direitos reservados à

EDITORA PERSPECTIVA S.A.

Av. Brigadeiro Luís Antônio, 3025
01401-000 São Paulo SP Brasil
telefax: (11) 3885-8388
www.editoraperspectiva.com.br

2008

Giselda
Leirner

O
NONO
MÊS

Sumário

[13]   I.
        Maude ou A Vida Recolhida

[27]   II.
        Claude ou A Vida Espelhada

        [64]   Enitrópia
        [83]   Toulouse

[89]   III.
        Woolf ou A Vida Impossível

        [102]   A Viagem

[113]   IV.
         Jean Claude ou A Vida no Presente

         [128]   Última Parada, Rio de
                  Janeiro

[137]   V.
         Lou ou A Vida Contemplativa

         [154]   O Caminho

[159]   VI.
         A Família

À memória de meus pais Felicia e Isai
Aos meus filhos Sheila e Laurence

O Nono Mês

Minha avó dizia: "Nono mês, o bebê tem que nascer". Minha mãe aos noventa e dois anos, antes de morrer, dizia: "O bebê tem que morrer".

Este é o começo e o fim. Das trevas às trevas. Fica no meio o amor e o sofrimento. O nono mês tem outros significados. As catástrofes anunciadas. Os Sacrifícios. A dor da perda de muitos ou de um só homem, mulher ou filho, não deveria ser diferente. Só parecem assim. É tudo uma questão de espaço. A dor não tem espaço. Só o tempo.

I.

Maude
ou A Vida Recolhida

Sentado na escadaria da Catedral, alto, curvo, olhando para o chão, não se incomodava de ali estar com aquele terno tão branco de linho amarrotado.

Tinha nas mãos um chapéu também branco de panamá com fita preta.

Passara a noite em um bar por ali perto, e já bêbado de Johnnie Walker Red, na cama de uma prostituta. Não se lembrava do rosto da mulher, mas um perfume barato ainda persistia.

Não queria voltar para casa. Um lugar especial. Fora da cidade, no meio de um terreno plantado pelos seus arrendadores. A casa muito velha caía embaixo do peso de um negro telhado.

Lá estaria Mãe, não sua, mas a de seus filhos. Assim chamada por todos. Não era a figura poderosa do que poderia se esperar. Ao contrário. Minúscula, magra, seca, amarga.

Mexendo na terra do jardim, ou na cozinha, lugar que nada tinha a ver com o resto. Toda em madeira e inox, moderníssima com imensa geladeira, fogão de seis bocas, congelador, microondas, e mais panelas esmaltadas nas prateleiras. A única coisa luxuosa na casa. Além do enorme aparelho de TV na sala. O resto era velho, desbotado, abarrotado e, principalmente, mal cheiroso, por conta não só da sujeira, mas também da estrebaria que ligada à casa mantinha um velho cavalo que para nada servia.

Assim como o preto cachorro, manco e dorso curvo, deitado no chão cor de terra em frente à porta da cozinha. Os olhos bons, um velho dolorido e triste.

Para entrar por ali, era preciso passar por cima do animal, que dormia o tempo todo com um cobertor xadrez sobre o corpo.

A sala imensa tinha se transformado em um entreposto de lembranças trazidas das várias partes em que tinha vivido o velho casal.

Banjos, tambores, um instrumento musical sobre uma pele de macaco preta e branca, o armário envidraçado com prateleiras onde eram expostas pequenas xícaras de modelos diversos, colheres prateadas com desenho de animais, taças para licor, palitos de marfim em copos de estanho, ovos de avestruz, uma lamparina montada na cabeça de um cão em porcelana branca. Um aquário sem peixes coberto por um tecido bordado. E mais, uma infinidade de objetos e a imensa televisão negra marca Sony. Tudo isso permeado do insuportável cheiro da estrebaria e o som de Mozart no toca-discos. Apesar da profusão de objetos, uma atmosfera de austeridade. A sensação era sufocante. A porta da sala dava para o jardim, onde podia se ver o cavalo marrom pastando tranqüilamente.

Eram velhos. Moravam na casa onde a luz não entrava. O céu aparecia por trás das árvores. Mas não sempre.

A estranheza nascida do contato muito longo não era sentida pelo casal. Nem interrogada era por um ou outro. Não eram pobres ou ricos. Os filhos, três, todos homens. Cada um vivendo em outro país. Só vinham no aniversário de casamento, e no Natal.

Traziam sempre os mesmos presentes. Meias, malhas, ou cachecol.

Maude permanecia o dia todo na cozinha ao chegarem os filhos, enquanto Claude ia de carro ao vilarejo ali perto, buscar pão, salame e vinho.

Às vezes Claude ficava na cidade alguns dias. Sempre o mesmo: ia ao dentista. Maude sabia que era mentira. Sabia também que o marido visitava uma velha amante já há muitos anos. Quando não era a amante, ficava bebendo e ia para a cama com alguma mulher. Passados alguns dias, como um gato que volta sorrateiro depois da caçada, deitava-se por horas no alpendre, sem falar.

Nessas noites seus olhos dirigiam-se ao céu. Isso só acontecia no verão. No resto do ano, o serviço era cuidar do cavalo e levá-lo a pastar em um pedaço de terreno cercado, cortar lenha para a lareira e buscar pão no vilarejo.

Antes de dormir, sentados no sujo sofá coberto de um tecido amarrotado, viam televisão. Raramente um comentário, uma palavra sobre os filhos que telefonavam pouco.

Os filhos, Woolf, Jean Claude e Louis eram todos belos e estranhos.

Maude fora muito pobre quando jovem. Havia dias em que não tinha dinheiro para o almoço. Os pais eram imigrantes russos vindos para a França, onde ela nasceu. Seu nome, Mascha, passou depois para Maude.

Era o que se dizia: bonitinha. Tinha olhos verdes puxados e cabelos negros. Por isso chamavam-na de chinesa na escola que freqüentou até terminar o ginásio. Aprendeu a ler muito cedo, os livros infantis eram retirados da biblioteca escolar; mais tarde retirava-os da Biblioteca Municipal. Interessava-se especialmente por aqueles que descreviam a vida dos animais. Decidiu cedo. Seria veterinária. Gostava de bichos. Tinha medo dos humanos, especialmente dos homens.

O pai lhe era estranho, internado desde que ela era pequena, sofria de esquizofrenia, que diziam os médicos ser o resultado de uma sífilis, contraída quando moço, ainda na Rússia. Visitava-o no hospital onde, sentada a seu lado, ouvia-o declamar poemas que para ela não tinham sentido. Fazia perguntas à mãe semiparalítica depois do parto, que, sempre muda, recusava-se a responder. Tudo isto era motivo de angústia. Por isso vivia a maior parte do tempo fora de casa. Pensava que um dia seria ela também portadora da doença do pai, sua única herança.

Apesar de tudo era alegre, tímida e ousada, por conta da própria timidez. Como queria continuar os estudos, conseguiu um emprego que lhe permitia pagar o curso noturno na faculdade. Mesmo que para isso tivesse que se submeter à vontade do patrão, que foi quem a iniciou na vida sexual.

Casou com um colega de classe. Eram camaradas, jovens, e como não tinham dinheiro, viviam juntos para dividir a despesa do apartamento miserável, ao lado da Escola.

Ao terminar a faculdade, lhes foi oferecido um emprego na África em um Instituto Científico, onde passariam a fazer pesquisa.

Foi lá que tudo começou. Claude se instalou nos jardins do Instituto que era também um zoológico, onde podia continuar seus estudos.

Maude ficou numa pequena casa no meio do mato, onde escrevia um trabalho sobre os lobos da região.

Era uma noite típica da época do ano, iluminada por imensa lua. Maude encontrava-se em meio a um problema de difícil solução, quanto ao nascimento em fevereiro de 1997 do primeiro mamífero produzido por clonagem, a famosa Dolly, que causara fortes debates, e para os quais tinha sido convidada a participar.

Nesta noite, em que tinha interrompido o trabalho para olhar a lua amarela, ouviu um ruído vindo de fora.

Um ligeiro arranhão na porta, e mais um ruído como o uivo de animal, baixinho, quase um lamento.

Abriu a porta e viu com espanto um lobo branco, muito belo. O olho amarelo da cor e brilho da lua, suplicante, pedia-lhe com ganido a entrada em sua casa.

Entrou, olhando fixamente a mulher em sua frente. Ela veio para perto, acariciou-lhe a cabeça. Percebeu que tinha sede e fome. Deu-lhe de beber e comer.

Depois de satisfeito, olhou-a com serenidade e doçura, e saiu pela porta aberta, caladamente assim como entrou.

Maude, habituada a tratar de cães abandonados, que

mantinha não só perambulando pela casa como em sua volta, sentiu desta vez um espaço, um silêncio concentrado. Os cães, antes excitados com a presença do lobo, dormiam calmamente, assim como ela que adormeceu iluminada pela lua.

E assim continuou. Todas as noites ela o esperava, e toda as noites ele vinha.

Nada havia que pudesse perturbar a relação de primitiva humanidade que acompanhava cada ato, cada gesto, ao lhe dar de comer e beber.

Todo fim de semana, Claude vinha buscá-la. Passavam o sábado e domingo juntos, para pôr em dia suas observações e descobertas relacionadas ao trabalho.

Claude já possuía uma bela casa dentro do Zoológico, tendo sido promovido a diretor. Isto não o impedia de continuar o trabalho em seu laboratório.

Aos sábados iam passear, observando os animais. Saíam para jantar na vila, sempre de mãos dadas, como irmãos que se querem.

Raramente Claude desejava uma aproximação maior entre os dois. Maude deixava-se levar pela vontade do marido, mas sempre ausente, só sentia-se bem em sua estreita cama de madeira no pequeno quarto enfeitado por um ícone com a figura da Virgem.

Claude insistia para que ela viesse morar na bela casa, vazia a maior parte do tempo. Havia empregados, um luxo ao qual nunca tinham tido acesso antes.

Maude dizia que não poderia trabalhar ali, rodeada de gente, que apreciava a solidão e o silêncio de sua cabana na orla da floresta.

Claude, preocupado, insistia especialmente, porque havia rumores de uma matilha de lobos, ou cães selvagens, a rondar pelas vizinhanças.

É verdade que os animais nunca se aproximavam dos homens de quem tinham medo. Só quando doentes.

Na maior parte do tempo viviam em pequenos bandos, não mais que dez ou doze, seu alimento eram alces, antílopes, ou as lebres que conseguiam apanhar. Havia em cada grupo um lobo chamado pelos cientistas de Alpha, que era o maior e mais forte do grupo, e escolhia suas companheiras.

Só eram perigosos se atacados. Seu território era demarcado com a urina, e se comunicavam pelo olfato, uivos, expressões faciais e postura dos corpos.

O acasalamento era em janeiro ou fevereiro, e a gravidez das fêmeas levava dois meses.

Nas segundas-feiras bem cedo, Claude trazia a mulher de volta à cabana com o carro repleto de mantimentos.

Em casa, Maude sentia um odor diferente de qualquer outro conhecido. Parecia com uma mistura de ervas, folhas de eucaliptos e pepinos amassados. Uma sensação de frescor a cobria inteira, e invadida por forte e inexplicável desejo, tomava um longo banho, vestia a alva camisola, esperando o anoitecer. Nesse dia era incapaz de trabalhar.

Deitada numa rede, cochilava, na espera não sabia de que, como se toda sua vida dependesse deste momento. Tudo desaparecia.

Quando finalmente ouvia o leve gemido e arranhar na porta, corria para abrir, e encontrar o lobo transformado em um cão dócil, que se aninhava a seus pés. Seu nome passou a ser Adão.

Os dias vazios, as noites infinitas se prolongaram até janeiro, quando Adão desapareceu. Era o mês do acasalamento com a fêmea escolhida.

Claude vinha buscá-la para os fins de semana, encontrava a mulher cada vez mais distante, calada, ausente. Insistiu em levá-la a um médico. Exames foram feitos, vários, mas nada foi encontrado. "Doença da alma", dizia o doutor finalizando as consultas. Quem sabe uma terapia, ou psicanálise. Maude não aceitou.

Só queria voltar para sua casa. Lá ficaria até o momento em que resolvesse ir morar no Zoológico com o marido.

Nada podia demovê-la. Claude aceitou. Tinha sua vida organizada, e esta mulher se tornara estranha para ele.

Foram três meses durante os quais Maude viveu em estado de semitranse. Ia e voltava com Claude, que aceitou a situação com inevitável indiferença.

Passou a comer a carne crua, ela que era vegetariana. Chegou mesmo a sentir um certo prazer, apesar do inicial desgosto.

Não só da carne aprendeu a gostar, mas também do animal aninhado, faminto, em seu ventre. Tudo vinha dali. O amor era isso? Esta fome, este apetite, a falta voraz que destruía tudo em seu caminho; isto não poderia ser o amor pelo qual ansiou desde a adolescência. Nem era o dos livros, dos poemas avidamente lidos. Então a semente negra do paraíso, herança do pai, finalmente se instalara aí em seu peito? Entre paraíso e inferno não havia diferença, não existiria algo que fosse o outro lado da dor? Sem salvação, o amor não seria mais amor.

Maude não estava à procura da salvação que lhe parecia cada vez mais distante. Sua procura era a da perda de si, do esquecimento que nenhum ser, homem real ou sonhado seria capaz de lhe dar.

Ao anoitecer, na soleira da porta, com o pequeno rádio ligado, ouvia a voz de seu pai que a chamava, misturada aos sons confusos que vinham do aparelho. Eram horas repetindo os poemas que não entendia. Escrevia-os para depois destruir tudo.

Certa noite ouviu ruídos ao longe, tiros, um espocar de luzes saindo da floresta. Depois, longo silêncio.

Já de madrugada chegou à soleira o lobo ferido. Sangrava. Maude tratou de seus ferimentos, deitou-o em sua cama, e cuidou dele durante algum tempo.

Não se movia, mas deixou-se tratar. Assim que ficou bom, o que levou pouco tempo, foi embora sem olhar.

Gostaria de poder falar sobre essa diferença instransponível entre dois mundos onde não há passagem de fronteiras. Sem equivalência não pode haver conflito nem paz. A estranheza ante o olhar do animal era um mistério já tratado por pensadores, mas nunca resolvido.

Maude acordou de um sonho que a deixou prostrada num estado de horror inqualificável. Vira algo que não podia ser nomeado. Tinha que lhe dar nome, e não conseguia. Era uma sombra sobre sua cabeça que pesadamente tolhia sua liberdade, o riso, o prazer. Deus?

Levantou-se e, caminhando de camisola branca sobre o corpo, penetrou na floresta, perdida, não via nada em sua frente. Chegou finalmente à uma clareira onde encontrou um grupo de lobos que brincavam pacificamente com seus filhotes. Sem se assustar, não estranharam sua presença. Ali ficou sentada com os filhotes ao seu lado. O maior e mais velho a reconheceu, chegou até ela, cheirou-lhe os cabelos e retirou-se como se fosse mais uma entre as outras fêmeas. Seu ar era altivo e indiferente. Coberto por bela manta de pêlos prateados, os olhos amarelos que tudo viam, de todos os lados, seus olhos alcançavam o que o olfato já lhe anunciava. Nisso era tão superior, que Maude não se atrevia a chegar mais perto ou acariciá-lo, como era seu desejo. Ficou ali deitada, na espera.

Em meio a um sono pesado, foi encontrada por Claude e mais um grupo de homens da cidade que tinham partido à sua procura.

Os lobos já tinham desaparecido, e Maude foi levada até a casa do zoológico, onde ficou por longo tempo, tratada por seu marido e mais uma equipe de enfermeiras.

Ao melhorar a mulher, mesmo que já não fosse mais a mesma, Claude resolveu voltar para Toulouse, onde seus avós tinham lhe deixado a velha propriedade com as terras arrendadas, que já pertencera à família por trezentos anos.

Viveram como um casal que já existia antes e continuaria existindo como se nada tivesse acontecido.

Maude deu à luz três filhos, voltou a escrever sobre animais selvagens, como se nunca antes tivesse vivido o que viveu.

Falava pouco, sempre sombria, seus momentos de amor só eram vislumbrados ao acariciar o animal negro e torto que se recolhia a seus pés.

Quietude, não havia alternativas nem escolhas. A vida continuava imperturbável e dócil.

II.

Claude
ou A Vida Espelhada

Fui um garoto raquítico. Aos doze anos sofri de poliomielite. Meu pai era médico. Minha mãe ajudava na sala de espera, recebia os pacientes.

Morávamos num bairro burguês de São Paulo. A doença me reteve um ano em casa. Deitado.

Era filho único, minha mãe, sempre bela e descontente, satisfazia todos meus caprichos. Entre mim e meu pai, ela me preferia. Uma vez ouvi uma conversa: ele disse "você é tudo". Ela respondeu "tudo para mim é meu filho". Daí minha certeza de seu amor, e um certo desprezo por meu pai.

Sempre fui muito magro, mas tinha os olhos azuis de minha mãe, e também seus cabelos castanhos raiados de mechas claras.

Meus avós eram franceses e viviam em Toulouse. Sua casa muito velha e grande com o cheiro de cavalo, nunca esqueci. Sabia que um dia seria minha.

Nasci no Brasil, onde meu pai foi exercer a função de diretor de um hospital importante. Naquela época fiquei doente.

Habitávamos uma pequena casa em estilo normando, o jardim muito longo e estreito. No fundo havia uma caixa de areia onde eu gostava de brincar durante horas.

De alguma forma, a doença e a caixa de areia molhada onde eu tinha brincado ficaram unidas. Minha mãe culpava a umidade da casa e do jardim por tudo de mal que nos acontecia; inclusive o hipertiroidismo do qual sofreu por bastante tempo.

O conde italiano, que chamou meu pai para dirigir o hospital com seu nome em São Paulo, era o centro das conversas em casa.

Mamãe, com o desejo de riqueza e a vontade que tinha de fazer parte do grupo social que não era o seu, sonhava com a imagem que aos poucos foi construindo.

Estudou com atenção tudo que dizia respeito à moda, e aos modos, do grupo seleto que poucas vezes encontrava. Era convidada raramente a alguma festa importante na grande mansão situada no meio de um jardim onde se encontravam expostos imensos elefantes de pedra.

Só estive lá uma vez em que mamãe foi convidada para um chá beneficente, e me levou junto.

Lembro-me dos elefantes, não só no jardim, mas de outros menores em vitrines dentro do salão. O que mais me impressionou foram estes animais, e também o banheiro social chamado de "toalete". Era imenso, de mármore rosa, todo atapetado, coberto de espelhos onde fiquei me olhando como se estivesse me vendo pela primeira vez. Eu já era alto, minhas calças curtas deixavam à mostra umas pernas feias, magras e um pouco tortas, apesar do cuidado que minha mãe tivera ao me vestir e calçar com meias escuras, até os joelhos desproporcionais, com os sapatos de verniz preto que ela fazia brilhar com óleo de cozinha.

Também no toalete, havia filas de pequenos elefantes em porcelana branca ao longo de prateleiras de cristal.

Tudo reluzia, fulgurava: o espelho, os lustres de cristal, os eternos elefantes.

Senti um mal-estar acompanhado de vergonha, e sentei no chão atapetado. Lá me encontrou mamãe, assustada por minha ausência.

Como não podia fazer reluzir nossa pequenina casa, nem transformá-la em imponente palácio, contentou-se em comprar uma imensa mobília de sala de jantar de madeira escura que ocupava todo o espaço, cujas cadeiras de alto espaldar eram cobertas de couro trabalhado, preso com grossos botões dourados. A única coisa que realmente reluzia em nossa casa. Os botões eram constantemente esfregados com uma flanela. Depois disso, foi a vez dos cristais da Boêmia.

Um dia fomos à residência de um senhor que mal falava o português. No porão da casa que me pareceu enorme, espalhados sobre mesas, cristais belíssimos, alguns de cor rubi, outros em tons de ametista.

Era uma quantidade imensa de vidros lapidados vindos da Boêmia. Jarras de vinho e licor, jogos de copos em vários tamanhos, fruteiras, travessas, potes e utensílios de toalete. Eu me movia aturdido no meio desta floresta cheia de luz. Novamente atraída pelo brilho como uma mariposa esvoaçante, minha mãe escolhia volteando ao redor de tanto esplendor.

Finalmente, meu pai comprou um número enorme de vasos, jarras e fruteiras que cobriram nossa casa de glória. Tudo faiscava ao bater da luz do sol espraiando arco-íris nas paredes que muito cedo vieram a abrigar grandes quadros pintados com grossas pinceladas de cores vibrantes.

Havia uma floresta em chamas que me atraía pelo realismo. Havia também um pobre menino em farrapos com ar desconsolado, um violino nas mãos. Na grandiosa e minúscula sala de jantar, um vaso cheio de papoulas vermelhas, pintadas à força de espátulas, ocupava o espaço de toda a parede.

Além da casa, minha mãe se atarefava em desenhar os vestidos que eram feitos por uma costureira, nossa vizinha. Os vestidos eram todos inspirados em modelos que via no cinema. Especialmente os de Norma Shearer que admirava por ser um pouco estrábica e ter sido uma vez comparada à bela atriz.

Seus sonhos eram visitados por todo esse universo, mistura de romances alemães, russos e franceses, e Hollywood. Não sei se chegou a ler *Madame Bovary*, mas lembro-me de ter visto em sua pequena biblioteca *A Comédia Humana* de Balzac.

Todo este brilho acabou repentinamente com a morte prematura de meu pai e a volta à França, para a casa de meus avós.

Passamos repentinamente do novo brilhante para o velho, opaco, pesado e mal cheiroso salão de meus avós. Do novo mundo partimos ao velho. E lá o novo morreu, como se nunca houvesse existido.

Minha mãe murchava, emagrecia, os olhos inchados pelo hipertiroidismo, o olhar vazio dos que perderam a esperança.

Voltar à casa dos sogros apressou sua doença e morte.

Eu queria seguir a carreira de meu pai, mas como tínhamos pouco dinheiro resolvi entrar na Faculdade de Veterinária que era menos longa do que a de medicina.

Fui estudar em Paris e senti-me, pela primeira vez, realmente livre. Não fui um aluno brilhante, nem apaixonado.

Sou medíocre; disso tenho consciência sempre. Passo por períodos de depressão e bebo muito. Gasto meu dinheiro no vinho barato e como mal.

Sei que não sou feio, mas a única coisa na vida que realmente me faz sentir bem é o olhar das mulheres e o prazer da conquista.

De meus pais só ficou o sorriso de uma sombra e o brilho de uns cristais.

Não gosto de pensar em sua morte, afasto-a de mim. Sou ateu, não faço nada para ajudar o outro. Nem o bem ou o mal. A morte não me assusta mais, e a minha forma de viver deixou de ser um problema ao qual deva dar uma solução. É difícil dizer a verdade, pode ser que agora mesmo esteja mentindo. Porém, não creio que me sinta culpado. A verdade é que cada vez sei menos. Por isso mesmo não procuro mais as respostas. Quando tenho uma mulher na cama, não há mais nada além das sensações, gostos, cheiros, até o ponto em que nem isso existe mais, e só fico eu, mais inteiro, mais real do que nunca. É minha única verdade, que sinto inteiramente, porque não há mais dúvidas, indagações.

Algo se aproxima desta sensação. Dá-se quando jogo. Qualquer tipo de jogo é capaz de me levar a uma existência mais profunda. Como não tenho dinheiro, é difícil comprar-me este prazer, quando tudo deixa de existir e estou absolutamente só, apenas com a minha emoção.

Alguém escreveu: "O mais valioso que tem o ser humano são suas idéias". Eu me pergunto: que idéias tenho? Poderia roubar algumas e fazê-las minhas. Não é o que fazem os outros? Vou contar minha vida mesmo assim. Não porque seja importante, mas porque é minha e assim, é única. Nenhuma é igual.

É possível que se possa escrever sobre o sofrimento. E a felicidade... Não sei. Ela me elude, escapa, não é aprisionável. A dor, esta nos mantém prisioneiros.

Hoje sou velho, casado com Maude, de quem vivo afastado apesar de morarmos na mesma casa. De meus filhos não tenho muito a dizer. Conheço-os pouco. Woolf, o mais velho, dilacerado, o mais intuitivo, artista de profissão, sempre só, na selva amazônica ou em alguma ilha do Pacífico.

Jean Claude é medíocre, rico, trabalha em finanças, tem mulher e dois filhos, que raramente vejo.

Louis, o belo, místico, sexo difícil de se definir, é o mais complexo dos três, além de ser o mais intelectualizado. Vive num convento de padres beneditinos, ou seria um mosteiro budista?

De todos é o que mais amo. Não saberia dizer por que, seria por sua indiferença? Apesar da personalidade tão diversa da minha, encontro nele algo de meu, do mais íntimo acorde que ainda ressoa em mim.

Passo agora as noites acordado.

Lembro-me muitas vezes de meu amigo de juventude. Éramos eu, um moço loiro e belo, ele, um velho poeta apaixonado.

Mesmo que não tenha medo de morrer, algo aqui bem no fundo pede que eu deixe algum testemunho. Por isso escrevo. Às vezes penso como será meu enterro. Gosto de pensar que alguém esteja presente chorando, mas o único que o faria já se foi há muito tempo.

Tive um amigo. A quem devo minha existência. Viu em mim algo além de mim mesmo. Aquilo que eu não podia ver. Minha vida, que sempre rejeitei como inútil, passou a existir através daquilo que imaginou e escreveu a meu respeito.

Suicidou-se em minhas mãos, e deixou-me manuscritos guardados em caixas de papelão.

Como nunca tive relação amorosa real, com homem ou mulher, vi-me descrito nos papéis de Fernando como amante. Amante? De quem e do quê? Tentei descobrir, como se estivesse lendo sobre alguém que não conhecia. Certamente não me via ali como o efebo loiro de olhos azuis, inspirador de paixões, atravessando o Hades, vestido de túnica transparente, até chegar ao lugar onde ele se encontrava para me receber, e me cobrir de afagos e palavras sussurradas aos meus ouvidos.

Nunca me vi assim como me viu, nem senti carícias masculinas antes de conhecê-lo.

De simples veterinário fui transformado em gazela pronta a receber o amor de meu amigo.

Sabia que passava horas da noite escrevendo, o olhar ao longe para fora da janela de seu quarto de pensão, na procura da palavra. Era poeta, tinha alguns livros publicados, despertava a admiração e a inveja de outros colegas.

Ao sair das aulas, ia ao seu encontro num café de esquina onde, já sentado, lia um jornal ou livro com um cálice de Porto na mão, seus dedos esguios e arqueados como as presas de um pássaro. Esses dedos com que arranhava o tampo da mesa, os olhos pequenos a me observar.

Eu já tinha me acostumado com sua forma de me olhar e, de maneira indiferente, contava a ele sobre minhas aventuras femininas que eram triviais e sem graça.

Sendo o único amigo, me recebia em sua casa. O quarto, ao contrário do que se poderia imaginar, era grande e confortável, com um tapete persa e uma escrivaninha antiga em frente à janela. Alguns quadros de boa qualidade cobriam as paredes, e havia livros, muitos livros. Tudo contrastava com a figura magra e a elegância pobre de suas roupas. Sempre o mesmo terno e capote cinzas, o chapéu de feltro também cinza e o rosto de barba bem aparada, com um pequeno bigode e grossas lentes nos óculos de tartaruga.

Seu trabalho de escriturário numa empresa de seguros e o fato de escrever o elevavam aos meus olhos como um possível Kafka, sem família.

Quando me recebia, tinha uma mesa redonda já posta, com um bule de prata e duas xícaras de porcelana finíssima dispostas para receber o chá quente. Ao lado uma travessa com duas *madeleines* pousadas à espera. Um único cálice de cristal e o copo de vidro ao lado da licoreira com o Porto. Havia uma atmosfera de ritual suntuoso apesar da pobreza.

Vestia nessas ocasiões um robe curto sobre a roupa diária. Era em veludo, de cor indescritível, debruado com galão negro, assim como os chinelos também de veludo onde apareciam, em letras que já tinham sido douradas, as iniciais F e uma outra cujo contorno não se percebia mais, rodeadas de uma guirlanda de folhas esmaecidas.

Sempre foi de extrema delicadeza, e gostava de ouvir, mais do que de falar. Eu, que não sabia bem o que dizer, falava muito. Detalhes de minha infância, de minhas experiências amorosas, de minha vida tão vazia, que se preenchia de sentido ao me olhar com aqueles olhinhos miúdos, cheios de uma sabedoria que eu jamais poderia alcançar.

Não entendia o porquê de seu interesse em mim, pois eu mesmo me achava de um total desinteresse. E era justamente sua fantasia a meu respeito que me preenchia, que dava sentido à minha vida tão sem sentido.

Ao sair de sua casa errando pelas vielas ao lado do Sena com um misto de prazer, o vazio transformado em forma, sentia uma força me invadindo. Era belo, capaz de coisas desconhecidas de mim mesmo. Nesses momentos eu devia ser realmente belo, com o corpo esguio, os cabelos claros iluminados e olhos brilhantes.

A excitação desaparecia, entrava num café, bebia o vinho barato, bebia bastante até entrar no estado de dormência, onde tudo que me mantivera vivo até então passava a morrer dentro de mim.

Não havia mais beleza nem prazer. De tudo que Fernando me preenchera, nada mais restava. Passei a ser a imaginação, o sonho de outro. Eu mesmo era incapaz de sonhar.

Fernando inventou minha vida. Vim confirmar o fato ao voltar da longa ausência na qual nos embrenhamos mais tarde através dos papéis escritos com letra miúda e bem cuidada que deixou para mim. Quanto mais ele me criava, mais eu desaparecia. O pouco que tinha. Até o dia em que pensei que o odiava.

Resolvi me casar e partir para a África com Chinesa assim que voltasse de viagem. A colega de classe que chamávamos de Chinesa na verdade era russa. Seu nome real, Macha, tinha sido transformado em Maude ao vir para a França com os pais. Não a amei. Nosso casamento foi o resultado do encontro de duas necessidades. A dela e a minha. Como no começo dormíamos juntos, saía mais barato dividir um pequeno apartamento em frente à faculdade, além da necessidade que eu tinha de me afastar de Fernando. Tudo isto, antes de minha viagem com ele para Barcelona. Uma simples questão de conveniência, assim como tudo que me orientou a vida inteira.

Antes ainda de me casar, Fernando tinha me convidado para ir com ele a Barcelona, onde visitaria uma casa editorial importante que aceitara lançar um de seus livros de poesias. Como tínhamos eu e Maude recebido um convite para trabalhar no Liceu Pasteur na Enitrópia, deixei-a para cuidar dos papéis e documentos para quando voltasse da viagem com meu amigo, que levou mais tempo do que imaginei. Bem mais. O suficiente para brotar a semente que já existia escondida no meu peito, a dor e a revolta que não chegaram a me destruir, mas o levaram à morte.

Sua doença, imaginada por mim como resultado da dor da qual eu era o causador. Ou fui eu quem o matou? Não sei, nem me ocupo muito em procurar saber.

Fomos de trem até Toulouse, aproveitamos a viagem para visitar meus avós.

Queria vê-los, pois eram já muito velhos, e queria também que Fernando os conhecesse, uma forma de me valorizar, demonstrar assim que eu não era só o tolo e vazio rapazote, mas vinha de uma antiga e cultivada família, o que me dava um peso que eu sabia não possuir.

Meu avô, um bonito homem de cabelos e bigodes grisalhos, nos esperava na estação, de onde fomos com seu carro até a velha e mal cheirosa casa a alguns quilômetros do centro da cidade.

Mesmo depois de muito tempo, quando não viviam mais meus avós, nem o cavalo, o cheiro continuou ali. Fazia parte do passado que já morrera e continuaria a existir depois que nós não mais estivéssemos. Um cheiro. Só. Este que era o legado de um pobre animal durou mais que todas nossas vidas.

A imensa lareira acesa e minha minúscula avó nos esperavam. Já era noite, e depois de um delicioso pernil de cordeiro aromatizado com alecrim e uma garrafa de vinho tinto fomos levados ao quarto de hóspedes. Sendo a cama um beliche, Fernando ficou em baixo, e eu me acomodei em cima, no colchão duro e frio. O aquecedor ligado, as noites já eram bastante frias neste início de inverno.

Dormi pesadamente como não o fazia há tempo. Uma deliciosa sensação de estar protegido e um conforto do qual não queria me afastar na manhã seguinte.

O banho no ambiente gelado, sem aquecimento, foi um problema que finalmente me acordou do delicioso torpor de uma infância há muito tempo esquecida. O cubículo com a privada mal iluminada por uma minúscula lâmpada escondia um ato que devia ser considerado como não existente.

Tomamos um delicioso café com pão fresco na confortável cozinha. Meu avô e Fernando tinham ido à vila para comprar o pão.

Conversavam como velhos amigos, de coisas práticas, das terras e seu cultivo, colheitas. Falavam de dinheiro, aplicação bancária. Fernando não era o homem que eu conhecia.

Descobriram que seus antepassados tinham sido da mesma religião dos Cátaros e conversaram horas sobre este assunto que me era totalmente desconhecido.

Em sua mitologia, pelo que consegui entender, os homens seriam anjos caídos enganados por Lúcifer, que queria afastá-los de Deus. Caídos, os corpos seriam transformados pelo diabo. Com a forma animal, ansiavam por sua origem celeste perdida.

Acreditando na reencarnação, com a idéia de um Jesus Cristo enviado pelo Senhor e Pai para ser crucificado, afastaram-se da igreja católica. Para os Cátaros, Jesus não tinha vindo para salvar os homens através de seu sacrifício, mas sim para ensinar-lhes uma melhor maneira de viver e entregar-lhes um modelo de vida possível. O mundo se extinguiria aos poucos e Satã ficaria isolado. Só. Separados definitivamente os dois princípios, do Bem e do Mal.

Foi isto que me pareceu ter entendido. Como o assunto não me interessava, eu, um ateu, tudo me parecia uma conversa sobre o Nada. Em minha falta de cultura, o Nada era simplesmente nada, assunto discutido pela filosofia, ignorada por mim.

Nem mesmo a ciência podia responder às questões que por acaso pudessem me preocupar. A ciência jamais resolveria o mistério, e Deus não preenchia o meu vazio. A verdade era para mim uma palavra e o Bem e o Mal eram uma única coisa.

Por causa da conversa sobre os Catares, decidiram que fariam uma visita a Carcassone, cidade muralha que se encontrava à uma hora e meia de Toulouse, bem perto dos Pirineus que eu podia avistar do terraço de nossa casa, envolto em nuvens com seus picos brancos nesta época do ano.

Deixei os dois planejando a visita. Sairiam bem cedo. Decidi não ir. Não me interessavam as muralhas, ladeiras ou espetáculos medievais organizados para os turistas. Aliás, nunca me interessei por lugares, nem por paisagens. Nunca fui turista. A paisagem humana me atraía por seu mistério e a decadência exercia um certo fascínio sobre mim. Eu era contemporâneo do mundo em que vivia e não sabia disso. Estranhamento foi o que sempre senti.

Enquanto isso minha avó se atarefava na cozinha, a preparar o *cassoulet* que iria servir ao jantar quando voltassem.

Eu seguia os preparativos dos dois viajantes vestidos com seus grossos abrigos e cachecóis, e as confortáveis botas que meu avô mantinha guardadas num armário cheio de vestimentas de inverno. Assim, debaixo de uma fina chuva, partiram.

Senti um repentino alívio. O peso constante e incômodo que se instalara em meu peito e me oprimia desapareceu. Comecei a sentir o quanto a existência de Fernando me incomodava. Aproximei-me de minha avó à procura de companhia. Ela era uma mulher seca, assim como foi Maude depois, quando morávamos nessa mesma casa. Não conseguia entendê-la apesar de seu carinho. Gostou de mim a seu modo. E seu modo de gostar era diferente, afastado, como se estivesse se protegendo. Quem sabe tinha razão em se proteger do amor. O amor pode ser terrível, destruidor, e mesmo assim é o que procuramos sempre, o nosso desejo mais secreto.

Sofro por sua ausência, mas a procura não me preenche, ao contrário, me afasta. O amor e o erotismo são para mim uma única coisa, o amor dos corpos. Sinto-me pobre, só Fernando me dá uma dimensão que não possuo. Sou infame, assim como o meu desejo. O meu ser confunde-se com o desejo. E a culpa? Não tenho. Eu odeio, eu amo, qual a diferença? A morte do meu desejo não é a verdadeira. Esta não conheço ainda. Quando chegar tampouco a reconhecerei. Não sou dono do fato, só do meu sentimento. Ele não está aí para que eu o alcance.

Como posso me sentir culpado de um sentimento, coisa efêmera, idiota, incômoda. A culpa só é culpa ao atravessá-la o fato. Se não, é vazia, não existe. Por isso como não o matei de fato, só o desejei, assim como ele o quis, não sou culpado. Nunca serei. Matei, sendo inocente.

Não matarás. Esta questão iria me perseguir a vida toda, sem que eu o percebesse. Fernando deixaria de existir quando não tivesse mais alimento para me dar. Como os leões na jaula. Fernando me deu alimento por muito tempo, não só para aplacar-me a fome, mas para satisfazer minha necessidade de admiração. Um dia desaparecerá. Aos poucos já se apaga. Quando nos abraçamos, não sinto mais seu corpo, mas o leve sorriso ainda tem consistência. Sou eu sua vítima? Ou será ele a minha? Não me ocorreu ainda que poderíamos ambos ser vítimas de algo que ele deveria conhecer melhor do que eu.

Sentei-me no velho terraço empoeirado, ao lado de um par de botas de borracha sem cor definida pelo constante uso e de um par de chinelos em forma de tamancos holandeses. A chuva tinha parado e o céu já permitia que eu visse ao longe as montanhas que um dia seriam atravessadas para irmos a Barcelona. Fiquei sentado naquele banco de madeira verde que me receberia bem mais tarde, ao voltar de minhas excursões sem sentido, curtindo a ressaca da semana passada nos bares e camas desconhecidas de mulheres ou homens.

Entediado, subi ao nosso quarto e abri a maleta de Fernando. Continha entre outras coisas uma enorme quantidade de sonetos dentro de uma pasta com meu nome: Claude Castelnau. cc.

Eram poemas de amor. Li todos eles, sem nenhuma emoção. Quanto mais lia, mais vazio me encontrava. Não eram meus. De todos, apanhei um aleatoriamente e pus no bolso de meu paletó. Não sei por que. Eu o tenho até hoje. O papel amassado com a letra trêmula.

Não sei por que o conservei, assim como tudo que escreveu sobre mim, e que ficou guardado em caixas de papelão que eu nunca quis abrir.

Finalmente chegaram de sua viagem a Carcassone. Cansados, molhados, mas satisfeitos. Depois de tomar um vinho ao pé da lareira acesa, fomos à mesa para o famoso *cassoulet* preparado com cuidado por minha avó.

Eu não queria falar. Fernando me disse com os olhos: "Você leu", e eu com os meus respondi, "Sim". Só isso. Continuaram com a conversa iniciada no dia anterior. Estavam tomados pelo Catarismo, em um estado de exaltação como apóstolos do século XII com seu anticlericalismo intransigente.

Minha avó e eu tudo ouvíamos sem nada dizer.

Exaustos, foram dormir logo em seguida.

Fiquei na sala vendo um programa de TV. Quando subi, Fernando já dormia profundamente. Deitei-me. Pensava no que dizer-lhe no dia seguinte, se me perguntasse sobre os poemas lidos.

Nunca falou sobre o assunto. Eu me senti aliviado com seu silêncio, e nem mais pensei nas folhas recolhidas em pasta de couro com meu nome.

Ficamos mais um dia e resolvemos partir para Barcelona. Tomamos o trem até Montpellier, onde trocamos de vagões para nossa próxima parada.

Fomos de táxi até o Casco Velho, uma rua estreita com cheiro de urina. O hotel, escondido no meio de antigas portas, já era conhecido de Fernando que me contou na viagem ter nascido em Barcelona, sendo seu pai catalão e a mãe portuguesa. Falou em catalão com o porteiro do infecto lugar. Eu nada entendia.

Só queria dormir. Desde que chegamos, tudo me pareceu um pesadelo do qual eu fazia parte e ao mesmo tempo era espectador.

No dia seguinte olhei encantado para a cor do céu, um azul quase anil, e uma lua brilhante mesmo sendo já dia avançado. Senti-me disposto, e com fome. Fernando não falou. Eu tampouco. Tomamos um café com leite e um *croissant* no bar da esquina, e sem nada determinar, caminhamos.

Andamos muito, passamos rapidamente pela Rambla repleta de turistas. Como eu não conhecia a cidade, Fernando resolveu ser meu guia, e visitar todas as fantasias delirantes de mestre Gaudí. Por último fomos ao parque Guell, onde descansamos na esplanada com vista para a cidade.

Cavou-se um poço entre nós, difícil de atravessar. Ele parecia envergonhado, sem jeito, e eu senti-me dono de uma situação que nem me dizia respeito. No dia seguinte, resolvi sair sozinho, e ele tendo compromisso com o editor, separou-se de mim com um olhar de culpa.

Não sendo turista, nem mais querendo visitar lugares, sentei-me na calçada do Cafe Zurich, cheio de jovens, que não paravam de falar, de olhar, de comer ou beber. Não agüentei o ambiente e desci as escadas do metrô.

Como não sabia aonde ir, resolvi parar em Muntaner. Gostei do nome. Sentia-me livre. Andei pela avenida cheia de lojas, parei em um bar onde tomei uma cerveja, continuei andando até chegar a um café de esquina, com seu delicioso perfume de pão fresco. Lá permaneci sentado com uma garrafa de água mineral sobre a mesa. Assim fiquei por longo tempo. Não sabia o que fazer, nem por que estava ali. Algo teria que ser feito. Falaria com Fernando, e iria embora. Ele que ficasse, afinal era sua cidade apesar de morar em Paris. Por que esta situação arrastada me mantinha ali, não conseguia entender. Fugir do amor, isto eu podia entender, mas a atração de algo que eu não dominava me impedia de agir.

Voltei ao hotel e dormi. Só queria dormir. Quando acordasse iria resolver o enigma que me envolvia.

Eu sabia que Fernando gostava de fumar haxixe de um narguilé trazido de suas viagens ao Egito, coisa que nunca me atraiu. Tinha em sua casa vários cachimbos, e às vezes me recebia deitado fumando. Nesses momentos, eu não o achava muito diferente, só um pouco mais lânguido, menos alerta. Mas como esta era sua maneira de ser, mesmo ao não fumar, nunca me incomodou nem causou reação este seu estado.

Na noite em que voltei ao hotel, ele já se encontrava deitado. Notei algo que antes não tinha percebido. Mais magro, muito pálido, tinha uma tosse rouca, que trouxe de sua viagem a Carcassone. Achei que era um simples resfriado causado pela chuva apanhada em sua visita. Mas a tosse persistia. Mesmo assim, ele continuou a fumar. Desta vez, sem os cachimbos de água, fumava pequenos cigarros enrolados à mão. A seu lado, na mesa de cabeceira, um canivete e um pequeno bloco de cor âmbar, que raspado ia misturando ao tabaco.

Eu não sabia então que Fernando se drogava. Além do haxixe, havia outras drogas. Com o egoísmo e indiferença próprios de minha maneira de ser, não percebia sua angústia, perda de apetite, peso e insônia.

Achei que fosse tudo causado pela tosse que o sacudia durante a noite, e que só fui perceber porque estava atrapalhando meu sono. Nesta noite, exausto, dormi sem pensar mais no assunto.

Na manhã seguinte, sem melhorar da tosse, muito rouco e escarrando sangue, sugeri que fôssemos a uma clínica.

Ele conhecia uma que por causa do nome, Clínica Plató, era a única da qual se lembrava. Ficamos sentados por longo tempo na sala de espera.

Fernando falou como nunca antes tinha falado comigo. Com a voz rouca entremeada pela tosse, falou... De Platão e a morte de Sócrates. Depois me entregou um pedaço de papel com algo escrito e pediu que o lesse em voz alta.

"Há momentos em que tudo cansa, até o que nos repousaria. O que nos cansa porque nos cansa; o que nos repousaria porque a idéia de o obter nos cansa. Há abatimentos da alma abaixo de toda a angústia e de toda a dor; creio que não os conhecem senão os que se furtam às angústias e às dores humanas, e têm diplomacia consigo mesmos para se esquivar ao próprio tédio. Reduzindo-se, assim, a seres couraçados contra o mundo, não admira que, em certa altura da sua consciência de si-mesmos, lhes pese de repente o vulto inteiro da couraça, e a vida lhes seja uma angústia às avessas, uma dor perdida.

Estou num desses momentos, e escrevo estas linhas como quem quer ao menos saber que vive. Todo o dia, até agora, trabalhei como um sonolento, fazendo contas por processos de sonho, escrevendo ao longo do meu torpor. Todo dia me senti pesar a vida sobre os olhos e contra as têmporas – sono nos olhos, pressão para fora nas têmporas, consciência de tudo isto no estômago, náusea e desalento.

Viver parece-me um erro metafísico da matéria, um descuido da inação. Nem olho o dia, para ver o que ele tem que me distraia de mim, e, escrevendo-o eu aqui em descrição, tape com palavras a xícara vazia do meu não me querer. Não olho o dia, e ignoro com as costas dobradas se é sol ou falta de sol o que está lá fora na rua subjetivamente triste, na rua deserta onde passa o som de gente. Ignoro tudo e dói-me o peito. Parei de trabalhar e não quero mexer-me daqui.

Olho para o mata-borrão branco sujo de tinta que se alastra, pregado aos cantos, por sobre a grande secretária inclinada. Fito atentamente os rabiscos borrados nele. Várias vezes. A minha assinatura às avessas. Alguns números aqui e ali, assim mesmo. Uns desenhos de nada, feitos pela minha desatenção. Olho a tudo isso com uma desatenção de quem olha com o cérebro inerte.

Tenho mais sono íntimo do que cabe em mim. E não quero nada, não prefiro nada, não há nada a que fugir..."

Fernando P.

Antes de sermos chamados para a sala de exames, ele disse finalizando: "falaremos depois".

Falamos bem depois, mas nossas conversas eram curtas, entrecortadas. Desta vez era ele quem falava apesar da dificuldade. Queria dizer o que não havia dito até então. Queria transmitir algo que eu tinha dificuldade em entender.

Fomos atendidos por um médico muito agitado, quase histérico, que rapidamente receitou-lhe gotas para a tosse e sugeriu que fizesse uma chapa do pulmão.

Como continuou piorando e sentia fortes dores de garganta além da dificuldade para engolir, fomos a outro médico que lhe indicou uma laringoscopia.

Desta vez, ficamos frente a frente com a realidade de um fato que Fernando aceitou com total indiferença. Era um câncer de garganta que já se alastrava. Foi receitado um tratamento com radiação e quimioterapia, pois a esta altura não haveria mais possibilidade de se pensar em uma cirurgia. O câncer já tinha afetado o pulmão.

Nesta tarde saímos da Clínica, fomos ao mesmo café de esquina da Calle Descartes, em que eu estivera anteriormente com uma garrafa de água mineral pensando em ir embora.

Desta vez, não mais pensei em como me livrar dele, mas em como mantê-lo vivo.

Um desespero tomou conta de mim. Eu não podia perder este que fora meu espelho durante tanto tempo, sem que o soubesse. Olhei para ele, procurei ver algo que me assegurasse de que tudo era uma mentira, um erro médico.

Tomamos uma *manzanilla* com café e ficamos sentados a contemplar a rua que escurecia rapidamente.

Eu me via só, deixei-o entregue aos seus pensamentos. Nunca o tinha visto tão calmo. Parecia feliz.

Acompanhei-o até o quarto de hotel, onde se deitou, acendendo um cigarro. Eu precisava de ar, sair. Um cheiro invadia o quarto.

Nunca me interessei em saber como me via. Vendo-me, através de seu olhar, buscando minha imagem, o que eu conseguia encontrar era covardia, fraqueza, vazio, entrega a objetos sem valor algum.

Andei até a Catedral. Automaticamente entrei, comprei uma vela em seu invólucro vermelho e a coloquei em um altar na pequena capela lateral, quase vazia, do lado direito do imenso espaço repleto de gente onde se rezava uma missa. Lembrei-me que era véspera de Natal. A figura de Cristo ali colocada no alto, acompanhado da Virgem Maria, era de madeira escura, tinha o corpo retorcido e coberto por um pano de seda branco, envolvendo-lhe a cintura até os joelhos. Não gostei, repugnou-me a hipocrisia de ver aquele pano escondendo o sexo.

Saí de lá acreditando que seu nome fosse Cristo de Espanto. Era belo este nome. Enganei-me. Era de Epanto, nome do lugar onde havia ocorrido uma batalha contra os turcos, citado por Cervantes, nada tinha a ver com a idéia que me seduzira.

O que fazia eu ali, na Catedral, acendendo vela, pedindo ao Cristo de ESPANTO, que protegesse meu amigo, que não desaparecesse de minha vida?

Para onde tinha ido todo meu ódio?

Desci a escadaria, e na praça em frente à Catedral, vi sentado um magnífico jovem. Ele sorriu, devolvi-lhe o sorriso. Levantou-se e ao se aproximar de mim reparei em seus olhos. Eram amarelos. Acompanhei-o por uma viela escura, entramos por uma porta que dava em um quarto vazio. Só uma cama e uma lâmpada. Tiramos a roupa, que jogamos ao chão, e nos deitamos.

Voltei ao hotel e encontrei meu amigo dormindo calmamente. Aproximei-me, peguei sua mão descarnada e dei-lhe um beijo.

Estava gelada e a cobri com o cobertor. Nesta noite, não consegui dormir.

Na manhã seguinte, acordou bem disposto, quase alegre. Ele, que raramente sorria, pegou-me pelo braço e disse: "Eu te amo. Vamos tomar o café". Só isto. Bastou para que eu caísse na cama chorando como um menino.

Tudo o que aconteceu nos dias que se seguiram foi um tempo especial, único, uma pausa com significado que só fui capaz de sentir, sem entender. Passei a viver a morte lenta de Fernando. Eu, que só existia como ser egoísta, vaidoso e frio, percebi que não há liberdade quando existe o outro. O outro pode ser aquele que destrói, ou que sendo sempre outro é capaz de executar a sentença: você morre ou não. Mas o outro pode também ser aquele que diz: "Meu irmão, te amo, desejo tua vida ao meu lado". Ou, "quero você, mesmo que esteja livre para me deixar". Era o que via no olhar de Fernando. Cada dia era uma despedida e um encontro.

Até então eu não o tinha visto, só encontrava o meu reflexo no seu olhar. Passei a vê-lo aos poucos. A cabeça com ralos cabelos brancos, o corpo longo muito magro, as mãos trêmulas.

A dificuldade em engolir, que ia aumentando. Engasgava sempre ao comer. Eu vivia apavorado. Achei que iria morrer de sufocamento. Passou a comer só uma sopa de legumes que eu batia no liquidificador. Tomava a sopa através de um canudo dentro de um copo.

Pela primeira vez, percebi como era belo com seu nariz afilado, as faces encovadas, as mãos e pés belíssimos, dedos longos, perfeitos. Sua pele cada vez mais fina enchia-se de manchas pisadas de sangue. Eu lhe fazia massagens com um óleo perfumado. Ele adormecia com o calor de minhas mãos.

Caindo ao tomar banho, feriu a cabeça. Tentei por muito tempo fazer os curativos. Uma ferida aberta que custava a fechar. Tentei remédios, tantos, e nada acontecia. Além disso, não se mantinha mais em pé.

Não havendo possibilidade de tratá-lo como devia, fui procurar na Clínica Plató uma assistente de enfermeira que estivesse disposta a nos ajudar. Era uma jovem muito bela, os cabelos loiros presos em rede, olhos desmedidos e um olhar vindo de onde? De antigos templos destruídos, daqueles vislumbrados nas cabeças gregas.

Perguntei-lhe o nome: Moira.

Combinamos que seu serviço seria de algumas horas todas as manhãs. Cuidaria da higiene de Fernando e trocaria a ampola ligada ao seu braço.

Chegou pela primeira vez, olhou para Fernando com aqueles imensos olhos escuros, e disse: "Sou Moira".

Ele sorriu, um sorriso iluminado, cheio de reconhecimento.

Durante este tempo passado ao seu lado, eu ia a uma livraria não muito longe dali. Almoçava no andar de cima, tomando um vinho Rioja. Comprava os livros que ele me pedia. Eram geralmente poemas lidos para ele durante as longas tardes de inverno. Lembro-me ainda de um que lia constantemente. Nunca o esquecerei. Não cansou de me ouvir repetindo os versos do poeta argentino Enrique Banchs, de seu livro *La Urna*, poemas sobre a história de um amor impossível.

Perseguia-me a idéia de que todo grande amor era impossível, e passei a sentir a dor que nunca antes tinha vivido.

Nas manhãs em que Moira permanecia ao seu lado eu saía para andar, procurando separar os meus pesadelos noturnos de meus pensamentos diurnos.

Encontrei bem no começo da Rambla um bar aberto dia e noite. O *barman* era um enorme negro, cujo martíni era famoso pela coreografia que executava, gelava a bebida de um recipiente para outro, até chegar ao ponto da perfeição. Tomando alguns desses martínis, eu conversava com Johnny, o *barman*, e vivia os únicos momentos bons e livres de pensamentos dos dias e noites passadas ao lado de meu amigo.

Agora não era mais só um amigo, mas a minha imagem refletida que eu perderia quando ele se fosse.

Uma noite em que saí do bar do Johnny, depois de ter tomado não-sei-quantos drinques, sentindo-me fraco, sentei-me num dos bancos da Rambla.

Eu não sentia frio. Quem sabe por conta do álcool. Na esquina não longe dali, um velho de longa e branca cabeleira tocava *jazz* em um teclado eletrônico. A música era maravilhosa, e fiquei ali, ouvindo aquele som que me embriagava mais do que o álcool tomado.

Surgiu, não percebi, surgiu em minha frente. Era a figura de uma mulher muito magra, inteiramente vestida de uma túnica branca. O rosto também pintado de branco não permitia que eu o visse na pouca luz daquela hora que já se fazia muito tardia. Só dois olhos enormes pintados de *kohl*, e uma boca vermelha. Um rosto de boca e olhos que me fitavam. Sentou-se a meu lado. Sua voz era bela e seu espanhol tinha um forte sotaque.

— Espero meu marido que ficou de me buscar.

Silêncio, eu não tinha o que dizer.

— Trabalho aqui durante o dia. Meu marido me pinta de branco e fico parada como estátua. Ele não faz nada além de me cobrir de tinta, e recolher as moedas na caixinha de papelão. Aprendi a não me mexer. Quase nem pisco. Faço muito bem meu trabalho.

– De onde você vem?

– Da Iugoslávia. Fugimos. Passamos pelo incêndio que nos vitimou, o mal que se estende por toda nossa terra. Não há pesadelo mais terrível do que a vida e a morte encetam em seu combate eterno. A História não é outra coisa.

"Nasci em Dubrovnik, casei com o homem que hoje me explora, mas que então era um famoso cenógrafo no Teatro Nacional de Belgrado. Eu era figurinista. Desenhei os figurinos de todas as suas encenações.

Fizemos teatro grego, Shakespeare, Ibsen, e outras peças. Os cenários, figurinos, a iluminação eram uma obra de arte criada na inspiração dos textos que amávamos."

Yagoda, era esse seu nome – continuou falando, eu fiquei ouvindo, só a luz tênue a iluminar a boca vermelha. Era só uma boca falando, o resto tinha desaparecido.

"Nós éramos felizes. Tínhamos uma casinha de férias em Dubrovnik, onde passávamos os dias de folga, nos intervalos entre uma produção e outra. Havia o amor, um pelo outro, éramos livres da ambição e vaidade que víamos em nossa volta, o meio teatral. E tínhamos a criação. A arte.

O que restou, o que ficou deste estado de inocência?

Fico em pé durante horas com minha túnica branca, imóvel, não sinto mais o frio. Sonho.

Por isso consigo ficar sem me mexer, quase sem piscar. Sonho. Um jantar em família na cozinha quente, todos reunidos, pais, irmãos, amigos, tomando a aguardente dos pequenos copos, rindo... Apagou-se a luz.

Não tem importância, pois existe uma luz que vem de longe, de outra sala. Estou com minha mãe, muito velha, um lenço colorido na cabeça branca. Ela me oferece os vidros que se encontram num armário, e pede que eu escolha um. Escolho um copo azul com fundo de estrelas douradas. A luz se apaga.

A minha vida transformou-se nas coisas que acontecem em volta, sem relação comigo. Estou num centro de momentos de luz, quando sou capaz de sonhar, e num substrato de escuridão. Tenho consciência do escuro quase sempre. É o que sinto. É uma dor. Como tentar reconstruir a partir de fragmentos cujas partes importantes faltam, não estão mais lá? O que resta é a obscuridade. O passado ficou soterrado debaixo dos tijolos destruídos por granadas, dos tiros disparados a esmo. Dos mortos em minha volta.

Faz quantos anos estamos aqui, parados. Anos. O que são? Minhas palavras soam ocas. Anos. Vazio. Não reverberam, não repercutem.

O que faço aqui a falar com um estranho que pode estar dormindo..."

Yagoda desapareceu assim como apareceu. Não sei se estive sonhando, e acordei com um nome que ainda soa. Yagoda. Quem será?

Procurei-a outras vezes pela Rambla ou perto da Catedral, nunca mais a encontrei. Fiquei com o sonho.

Voltei ao hotel, já amanhecia. Moira chegou para o ritual da manhã. Eu procurei dormir apesar do diálogo entre duas vozes, uma delas muito rouca e sussurrada, a outra melodiosa e feminina.

Acordei e o que me esperava era o pesadelo diário. Fiquei na cama, não queria sair dali. Fernando dormia sorrindo depois do banho e dos cuidados recebidos, além da ampola injetada em seu braço Eu continuei deitado, sem coragem para enfrentar o dia. Não tinha fome. Só levantaria quando fosse necessário atender meu paciente, que, calmo e feliz, ajudado pelas drogas que eu conseguia comprar para ele, parecia não se preocupar com nada, a não ser as dores violentas e a falta de respiração que o acometiam algumas vezes ao dia ou à noite. Já não havia para mim diferença entre o dia e a noite.

Saí, não podia continuar, tinha coisas a resolver. Coisas práticas, como dinheiro e a compra dos narcóticos. Fui ao banco, onde a família de Fernando possuía uma boa quantidade de pesetas ali depositadas, que não rendiam muito, mas mesmo assim, com o pouco retirado durante anos, tinha se acumulado em uma boa soma. O gerente me conhecia. A aplicação tinha sido transferida para uma conta conjunta da qual eu podia sacar o dinheiro necessário.

Retirava o suficiente para pagar o hotel, minha alimentação e o tratamento de Fernando. O mais caro. As drogas, uma transação que se tornara rotineira.

Não era difícil nem sórdido como tinha imaginado.

Consegui tudo através do rapaz de olhos amarelos. Encontrava-o no café em frente a Catedral.

Levou-me a um escritório bem decorado, como qualquer outro, em um prédio de alta categoria, moderno, onde um senhor extremamente elegante e discreto me recebeu como se fosse cliente de sua empresa. Na verdade eu era cliente de sua empresa. Trocávamos pesetas pelo material que ele me entregava em um envelope branco lacrado. Tudo estéril, assim como o material recebido.

Deixei que Moira cuidasse do emprego da morfina que injetava, e outras vezes lhe fazia inspirar. A heroína. Só em casos de extrema dor eu lhe dava o veneno que cura e mata. Aprendi a fazê-lo. Moira me ensinou, deu-me instruções.

Ao seu lado, nas tardes em que se encontrava mais desperto, lia como sempre os poemas ou algum trecho escolhido por ele com o longo dedo trêmulo, apontando a página.

A poesia tinha-lhe sido roubada, não mais podendo falar ou escrever. Qual seria a realização da existência que perdeu os meios de transmissão? A palavra emudece ao não ser declarada? Ou continua existindo, assim como a alma? Que não aparece, mas existe?

Pela primeira vez me dei conta de que o que parece não existir existe. E o que está lá sem que eu ouça ou veja é tão real como o que vejo e toco, mais real ainda. E me encontro frente a frente com a descoberta de algo além de mim.

Assusto-me nestas revelações que surgem, uma após outra, quero voltar à certeza de meu passado, voltarei um dia, mas não será o que era antes. Jamais será o que era antes. Poderá ser a aniquilação do antes e do depois. O que ficará? Eu e os animais, eu e Maude sombra, eu e o sexo, fonte de esquecimento, assim como a bebida. Haverá o dia em que entenderei? Quem era Fernando e sua tortura-paz. A tortura vinda da vontade, e a paz, do amor.

E a morte? A-M-O-R, TE amo. A paz verdadeira. Aquela ansiada pela matéria exausta do sofrimento.

E falou só com o olhar:

"Tu és minha sombra. Teu perigo não é pequeno, ó espírito livre e andarilho! Tiveste um mau dia! Olha que te vem um anoitecer ainda pior. Os instáveis tais como tu acabam por achar venturosa até mesmo uma prisão. Viste alguma vez como dormem os criminosos aprisionados? Dormem tranqüilamente, fruem de sua nova segurança.

Guarda-te de no fim ainda não te aprisionar uma crença estreita, uma dura, rigorosa ilusão! Pois a ti, como irás folgar e desafogar essa perda? Com ele perdeste também o caminho! Tu, pobre errante, pobre exaltado, tu, cansada borboleta! Queres ter esta noite uma trégua e um lar? Sobe para minha caverna..."

Seu convite não era meu desejo, mas entendi o que me pedia. Que o deixasse retirar-se para sua caverna. E tão imperiosa era sua vontade, tão imperioso seu desejo, que eu o ajudei a se libertar.

Injetei-lhe uma dose letal de morfina e esperei que dormisse. Deitei-me ao seu lado e era como se eu também dormisse para sempre.

O dia passado após a morte do poeta eu não conseguiria explicar. Algo em mim tinha desaparecido e continuava vivendo. Um tempo do qual não tenho consciência. Tudo, gestos, ações, fiz o que era necessário para enterrá-lo no cemitério Les Moreres de Barcelona.

O fogo sagrado que se extingue, e deixa atrás de si a cauda luminosa que não mais existe, mas continua sendo vista.

O meu tempo acompanhado de sua luz se apagará também um dia.

Passei ainda só, com a impressão de que estava desaparecendo, assim como meu amigo-espelho. Mas continuei, pois continuar é nossa forma de se assegurar que algo existe. Mas o quê? Não sei, não encontro resposta. Mesmo assim algo tem que me responder. Responderá?

Procurei Yagoda, a Branca da Catedral. Desapareceu. Moira desapareceu também. Procurei-a na Clínica, não se encontrava mais lá. Fiquei só. Atordoado, meus passos incertos me levaram para os lugares onde, bebendo, conseguia a efêmera sensação de segurança. Durava pouco, algumas horas. Saí do hotel. Procurei um outro lugar, estéril, vazio de lembranças, porém confortável e limpo. Fiquei pouco. Parti rumo a Paris, onde me esperava Maude com a expressão preocupada de quem não sabe o que lhe acontece. Com seu estreito e curto casaco marrom, parecia desamparada e triste.

Não lhe contei nada exceto a morte de Fernando, mas sem entrar em detalhes; nem ela perguntou ou mostrou interesse em saber o que havia sucedido nesta longa viagem. Já tínhamos os documentos prontos, as vacinas tomadas, nossas malas de roupa eram poucas. Assim partimos para nossa viagem a Enitrópia.

Enitrópia

Da janela do avião avistamos paisagens belíssimas. Eu que não me interesso por paisagens via com encantamento montanhas a circundar profundos vales verdes.

Descemos em um planalto de onde se via um imenso lago. O francês sentado ao meu lado, que conhecia bem o país, disse-me ser a região chamada de Weina Dega, por ser seu clima ali temperado. Não perguntei o significado da palavra.

Rodeada de montanhas com extensas áreas de florestas e bambuzais, que mais tarde seriam por mim percorridas com um avião monomotor, à procura de lobos e cães selvagens para a vacinação contra a raiva, encontrava-se a cidade, mistura de miséria e alguma riqueza ostensiva.

Apesar de haver também concentrações de outros animais, havia antílopes, girafas, gorilas, rinocerontes, minha função se dirigia especificamente aos lobos e à produção de vacinas, através de um programa organizado entre a França e a África, para a observação e preservação dos lobos e cães, especialmente os encontrados na região de Bale, para onde eu ia com bastante freqüência.

Além disso, meu trabalho consistia em analisar, diagnosticar, inocular as vacinas elaboradas em nossos laboratórios e prevenir as repetições de epidemias que ocorriam freqüentemente entre os lobos e a população local.

Todo este trabalho só foi organizado algum tempo depois de nossa chegada para que pudéssemos nos habituar e conhecer o país.

Um motorista foi posto à disposição e nos instalamos em uma grande casa oferecida pelo Instituto, rodeada de belíssimo jardim onde corriam soltos coelhos, macacos, e um filhote de leoa que se tornou animal domesticado a nos seguir por toda parte.

Tínhamos alguns empregados, todos negros, muito belos e esguios com suas roupas brancas e pés descalços.

A cozinheira gorda, vestida também de branco, com uma bata que permitia entrever os enormes seios brilhantes, usava um turbante e brincos de ouro. Era bonita e atraía meu olhar de luxúria. As unhas dos pés e das mãos pintadas de vermelho e o sorriso branco eram longe de ser inocente.

Olhava com um despudor que me fazia pensar em sexo. Sua boca e olhos anunciavam exatamente aquilo que eu pensava.

Assim que a vi, já sabia que era com ela que iria me deitar.

Falava francês e sempre se dirigia a mim, ignorando completamente a presença de Maude.

Um acordo feito de prazer antecipado já existia entre o meu desejo e a sua volúpia.

Saba, este era seu nome, mandava em tudo, inclusive na comida que deveríamos comer. Oferecia-nos pratos típicos feitos de uma farinha da região, esponjosas tortas cobertas de verduras e carnes cozidas em molho picante, espaguete, pirões de batata doce, galinha temperada com pimenta, cuminho e nós moscada, um cozido de legumes chamado *aleecha*, tudo com muito *curry* e outras especiarias; além do chá, e da água mineral de garrafas que comprávamos no depósito de produtos franceses.

Querendo nos ver livres de seus faustosos jantares picantes, íamos comer no Clube Francês, onde podíamos nos alimentar de iguarias que jamais tínhamos comido em nossas pobres vidas de estudantes em Paris.

Apesar da pobreza local, vivíamos em um fausto que jamais tivemos em nosso rico país.

Numa dessas festas, como estávamos perto do Natal, havia famílias inteiras com crianças. Na mesa ao nosso lado uma delas era tão barulhenta que nos incomodou. As crianças não queriam comer e os pais desesperados faziam de tudo. Um pequeno finalmente comeu sua porção de iogurte com mel e o pai disse muito satisfeito: "Parabéns, parabéns, você comeu tudo".

Ao sairmos, encontramos um pequeno grupo de meninos, descarnados, só ossos. Pediam esmolas para comprar comida. A fome é algo que me incomoda. Não a minha, nunca a tive. A fome das crianças é o único que posso exigir, sim, exigir de Deus, se ele existe, que não haja a fome das crianças. Sou ateu, e assim sendo não posso exigir nada. Esta é a grande desvantagem de ser ateu. Faço minha parte distribuindo comida quando me lembro de fazê-lo, mas não basta. O bem, o que é? Deve ser simples. O direito criado pelo espírito daquilo que é bom. Se o homem é criador do bem e do mal, deverá também ser capaz de escolher entre um e outro.

Apesar da frieza sexual de minha companheira, eu vivia a orgia dos sentidos na companhia de Saba.

Toda esta sensualidade mesclada de patês, ostras, vitelas, fígados de ganso e vinhos ricos acompanhada das noites onde os sentidos procuravam satisfação, tudo isto veio como uma avalanche que eu sabia me faria afogar.

Passei da pureza frugal e poética de minha relação com Fernando para o que a posse e o poder nos dão. Pela primeira vez, era eu a possuir. E tinha nojo. Depois de muita comida, vinho, sexo, eu vomitava, e ao vomitar estava procurando esvaziar o lugar para que pudesse nascer em mim novamente, aquele que eu fora sem o saber.

Maude retirou-se para uma cabana na floresta para escrever e estudar.

Completamente livre, eu ficava entregue à fúria de apetites que surgiam, possuído por alguém que não conhecia.

Engordei, fiquei bronzeado, parecia saudável. Era simpático e ria bastante com as piadas obscenas de meus colegas no jogo de pôquer.

Toda a poesia foi desaparecendo. Assim como não me reconhecia antes de me ver espelhado por Fernando, agora não me via, nem gostava do que conseguia vislumbrar, para logo em seguida me deitar e chupar os imensos peitos de Saba.

Era invadido por um real esvaziado de sentido onde as idéia não podiam penetrar. Tudo transformado em coisa estava aí para ser usado até a exaustão. Comecei a beber. Ainda não totalmente ébrio, possuía uma certa lucidez, podia perceber a dicotomia e aos poucos a rachadura se fechando dentro de mim. Algo muito tênue passava a me acenar. Como um sonho. E o que surgia era um caminho, para logo em seguida desaparecer. Encontrava-me perdido novamente, bastante embriagado para voltar a não saber quem era.

Às vezes sonhava com Maude, e eram sempre os mesmos sonhos:

"Estávamos em uma cabine de caça, em lugar selvagem, acompanhados de cães. Repentinamente, vinha em nossa direção uma matilha de lobos. Os cães os atacavam e depois de uma luta sangrenta desapareciam os animais, e ficávamos sós, eu e Maude, sentados em lados opostos, olhávamos um para o outro, com grande tristeza".

Em noites quentes, quando estávamos deitados, não ousando chegar mais perto os corpos suados, eu adormecia ouvindo a voz de Saba ao meu lado.
Falava sobre sua infância, casamentos, filhos e crenças em estranhos deuses.
Debaixo do branco véu que protegia a cama, sua voz forte assim como seu corpo me envolviam.
Eu submergia em macias savanas, suaves impressões trazidas pela brisa das janelas abertas, cada tremor ou zumbido de insetos sobre a tela eram sentidos como vaga morna que afundava em meu corpo entorpecido.
Enquanto eu dormia, Saba ia contando:

"Como eu era a última e única mulher de onze filhos, sempre vivi rodeada de homens. Minha mãe morreu ao dar à luz aquele que teria sido meu último irmão. Eu tinha seis anos.

Naquela noite, nasceu meu irmão morto. Depois da tormenta gravada em fogo pelos gritos agudos de minha mãe, viera uma calma exausta, um negror que mais se assemelhava à morte. Andei descalça, encostei a cabeça na porta, não ouvi nada. Na cozinha uma torneira aberta e um monte de panos ensangüentados. Eu tinha vontade de vomitar, não sabia se fechava a torneira. Deixei-a correndo e fui para a cama, cobri a cabeça com o cobertor. Assim fiquei, não sei se dormi e sonhei ou se o sonho já lá estava antes de adormecer.

Eram dois homens solteiros, os únicos na aldeia. Kalameleme, o bom, e Kinku, o mau. Viviam sós e infelizes. Um dia Kalameleme com seu arco e flecha foi para a floresta bem cedinho e lá matou um gato selvagem cinza, e outro marrom.

Ao voltar para casa, encontrou Moma, a mais perigosa serpente, e ia atirar. Moma pediu: 'Bom homem, tenha pena de mim, estou rígido de frio. Leve-me ao rio onde é quente'.

Com dó, Kalameleme carregou a grande serpente nas costas até o rio, e lá a jogou.

Moma levantou a cabeça no meio das algas, e disse: 'Obrigada gentil criatura. Percebi tua solidão. Jogue na água seu gato selvagem cinza e o marrom também, e aceite o que o Espírito das Águas lhe dará'.

Kalameleme assim fez, jogou os gatos no rio. Imediatamente a água começou a encrespar, tornou-se cada vez mais vermelha até que debaixo da superfície apareceu uma imensa e vermelha boca aberta.

Ele pôs a mão dentro da água da qual retirou uma cabaça. Levou-a para casa, e a abriu, quando de dentro saiu... A mais bela jovem jamais vista."

Acordei, Saba dormia, e fiquei sem saber o fim da história. Um dia eu a conheceria. As histórias têm que ter um fim. Só as nossas não têm fim porque o homem não finaliza.

Em outras noites quentes, ficava deitado no grande terraço úmido invadido de vegetação.

Saba, sentada num tamborete ao meu lado, balançando suavemente a rede na qual eu repousava, era uma grande mãe a embalar o filho.

Seu corpo molhado pelos chuveiros tomados antes e depois de nos deitarmos era envolvido por um sari, um pano colorido que lhe deixava o peito e braços livres. O cabelo cortado muito rente permitia que a forma da magnífica cabeça ficasse exposta. Desejava passar os dedos sentindo o formato desse crânio tão redondo e perfeito como uma obra de arte talhada em madeira.

Era muito bela nesses momentos em que mantinha os olhos perdidos, sentada de pernas estiradas, cobertas pelo pano colorido. As unhas vermelhas brilhavam. Toda ela brilhava. Era uma deusa. Eu não a amava, mas poderia adorá-la como se faz aos pés de uma figura já não mais mulher, mas sua representação.

Carregava-me para longe, nos movimentos repetidos da rede, e eu escutava sua voz vinda de longe contando, contando...

"Meus pais e irmãos trabalharam na roça. Eram extensos plantios de café. Saíam muito cedo. O mais novo, que chamávamos de Yeats, um nome inglês, que não soube por que foi escolhido, era poeta e nosso cozinheiro.

Como não sabia escrever, falava em voz murmurada seus poemas, enquanto descascava os legumes. Às vezes eu entendia, outras não.

Diziam que era louco, nunca achei que fosse. Era lindo e tinha os olhos sempre voltados para dentro. O que acontecia lá fora existia para lhe dar o prazer de sentir a vida. Porém via mais do que nós todos, percebia vibrações, podia ficar horas ouvindo a chuva.

Costumava tatear meu rosto como se fosse cego. Eu me deixava. Gostava de seus dedos passando pelos meus olhos, minha cabeça, mãos e pés.

Nunca em toda sua curta vida eu o vi desejar uma mulher, diferente de seus irmãos que à noite iam do trabalho para uma taverna de madeira onde eram vendidas bebidas e mulheres.

Yeats e seus poemas de Sheba e Salomão, eu conhecia de cor, pois ouvia seus nomes sempre repetidos.

Quando passava os dedos sobre meu rosto, dizia 'minha pequena rainha', e eu me sentia a rainha cuja história ele contou de várias maneiras. Eram sempre os mesmos personagens, mas não os nomes. Ensinou-me também o ritual sagrado. Como conhecia todas as religiões, também acreditava em todas elas. Assim aprendi a ser cristã, judia, muçulmana e...

Ele dizia que minha presença o tornava sábio, mas era o contrário.

Ao terminar os serviços da casa, nas tardes quentes, conversávamos até as sombras nos encobrirem.

Eu não fui à escola, não sei ler nem escrever, mas o que sei veio dele, meu príncipe de quem eu era rainha.

'Uma imagem, quem sabe, é forte demais
ou quem sabe não o bastante.
Caiu a noite; nem um som
na proibida caverna sagrada
a não ser uma pétala caindo
nem visão de qualquer ser lá dentro.
Mas a grama amassada onde
nos deitamos;

E a lua mais selvagem a cada instante.
Oh Solomon, tentemos novamente.'

Meu irmão foi meu grande e primeiro amor. O lugar na grama onde nos deitávamos mantinha o sulco de nossos corpos unidos pelas mãos. Costumávamos olhar para o céu, como fazem as crianças, descobrindo seres nas nuvens. Brincávamos. Sabíamos brincar.

Eu o perdi um dia. Não só nossas brincadeiras, mas sua poesia que ficou dentro de mim.

Hoje sou uma alma que ficou para encontrar o irmão.

Não o encontrei. Passei por várias mãos e sexo de homens. Engravidei, perdi, e tenho ainda filhos. Que se afastaram, foram atrás de suas vidas.

Não me queixo. Sabe por quê? Porque amo sempre. Hoje é você, ontem foi outro. Como sou ignorante, nunca saberei realmente o que significa tudo isso. Quem sabe, você que é branco, vem de outro país, é um cientista. Você me dirá?

Meu último filho que ficou é aquele que dá de comer aos animais e anda à espreita, te odeia assim como a mim. Seu olhar é penetrante, você nunca notou sua presença. Está sempre insatisfeito, as sobrancelhas apertadas sobre o nariz, e um pensamento a roçar a palavra, e o falado e o silenciado juntando-se em olhar só, e eu entendo melhor o não falado que o incomoda. Não sei dele, nem como é quando ri, ou trabalha ou faz o amor. Eu não o vejo, o meu ver é incompleto, tateio-lhe a alma, e ela é dolorida e revoltada.

Antes de você chegar, trabalhei para um médico francês, com quem aprendi a língua. Dizia que eu era inteligente, via segredos ocultos. Ele era viúvo, sempre me tratou bem. Gostava de minha comida, e lia em voz alta livros franceses que nem sempre eu entendia. Não me esqueço dos nomes, apesar de já ter esquecido o que diziam. Foi mais que patrão. Foi amante delicado. Gostei dele. Meu filho, como sempre acontecia, o odiava sem palavras, só com o olhar."

Eu a ouvia. Quem mais poderia ser? A lua, mais selvagem a cada instante, me acordava.

Ia até o quarto, deitava-me sem pensamentos e dormia o sono interrompido dos que bebem.

Ao acordar, retalhos de palavras surgiam. Não me lembrava bem.

Seu irmão, Yeats? Ou era Itis que eu tinha ouvido? E o poema era realmente de quem? Havia um filho à espreita? Eu estava enlouquecendo. Dormia ou estava acordado? A voz era de Saba, mas vinha de muito longe: Pitonisa das cavernas, me levava para onde?

Adormeci novamente, um sono leve, ouvia os ruídos da chuva e do vento. Queria acordar, não consegui.

Finalmente acordei com a luz do sol batendo em meu rosto, olhei para fora, chovia ainda. Eram freqüentes as chuvas à luz do sol, seguidas de arco-íris.

Já me acostumara a despertar com dor de cabeça, a ressaca fazia parte de mim, assim como o mal-estar sempre presente. Das cinco horas da tarde em diante tomava conhaque acompanhado de água mineral. O *fin à l'eau*, como era chamado em Paris.

Durante o jantar bebia cerveja que era muito boa ali e, ao sair para os jogos de pôquer, continuava bebendo.

Tornei-me irritadiço, brigava com meus auxiliares de laboratório, tudo me levava a querer continuar bebendo. A única pessoa que parecia me entender era Saba. A mais sábia de todos. Os acadêmicos e cientistas que faziam parte de meu grupo, cuja superioridade intelectual os tornava arrogantes, maledicentes e invejosos a maior parte das vezes, eu os odiava.

Ao voltar para casa, ia me deitar no colo dessa grande mãe que nunca tivera antes, nem teria depois.

De manhã me deliciava com seu café acompanhado de bolinhos de fubá, os ovos fritos com bacon ou lingüiças.

Quando a ressaca era muito grande, servia-me um grosso bife com mandioca frita e um ovo em cima. Dizia-me que era necessário se alimentar bem depois de uma noite de bebedeira.

Eu a ouvia na cozinha, cantando canções em língua estranha, encantamentos, murmúrios, sons de florestas.

Minha Saba, que perdi de maneira tão terrível.

Nossa leoa já era agora um belo animal, seu nome era Sakia. Gostava de brincar na cozinha. Dormia aos pés de nossa cama. Era calma, bem alimentada e preguiçosa. Tínhamos nos acostumado com sua presença. Ficava nos observando quando fazíamos amor. Nesses momentos eu tinha uma certa vergonha. Eu via Sakia me vendo.

E minha nudez se revelando a mim mesmo. "O animal não está nu, porque ele é nu."

Sakia me incomodava. Discuti com Saba, não queria que o animal dormisse em nosso quarto.

Passou a dormir na cozinha. E dali, começou a procurar outros cantos do jardim, até o dia em que não voltou para casa.

Eu a via acompanhar o filho de Saba, cuja existência não tinha antes percebido.

Kalu era jardineiro e dava de comer a Sakia, junto aos outros animais.

Nossa leoa nos deixou e trocou-nos por Kalu, assim chamado por acreditarem ser possuidor de espíritos, cujos passos ela seguia com uma meiguice que eu não notara antes. Mais parecia o gato preguiçoso que tinha sido quando era ainda um filhote.

Não liguei, nem me interessei pelo fato, ao contrário de Saba, que sentia haver algo de estranho na amizade surgida entre o bicho e seu filho.

Queixava-se. Desconfiava que algo era tramado contra nós. Sendo adepta de todas as religiões, a que lhe falava mais perto, que a dominava com suas superstições, fábulas e rituais, era aquela primitiva formando o substrato, a terra escura de sua cultura negra.

Percebi que algo a perturbava, mas como não dizia nada, eu com o pensamento sempre voltado para minha pessoa, deixei passar o tempo.

Vi também que algo de estranho se passava com Maude. Ia buscá-la nos fins de semana. Passeávamos de mãos dadas como irmãos, vendo os bichos e falando sobre nosso trabalho.

Ao levá-la de volta à cabana onde se instalara, eu retornava com alívio, um sentimento de liberdade, de vida recuperada.

Assim eram meus dias, com momentos de consciência reveladora de mim mesmo e outros mais de entrega ao trabalho e às fomes do corpo nunca saciado. Não me envolvia e fazia meu serviço bem feito. Minha dor perdida era uma lembrança de Fernando que surgia nos meus sonhos.

Aparecia transformado em Kalameleme, o bom. Eu Kinku, o mau. "Diga-me companheiro onde conseguiu tua mulher?", disse eu.

– Foi-me dada pelos espíritos da água – e explicou-me as circunstâncias.

– Quero uma mulher também.

Peguei arco e flecha e me dirigi à floresta... Matei os gatos selvagens, o branco e o marrom. No caminho encontrei o poderoso *phyton* que me pediu para levá-lo ao rio por conta do calor sufocante.

– O quê? Carregar este horrível réptil em minhas costas? Procure seu próprio caminho para o rio.

– Muito bem – disse a serpente – me acompanhe até o rio.

Eu Kinku segui-a. Moma já imersa no rio disse: "Kinku, vi tua solidão, jogue teus gatos selvagens no rio, receba então o que o espírito das águas te dará". Eu Kinku assim fiz, e quando as águas tornaram-se vermelhas, e apareceu a grande boca, afundei a mão na água, de onde retirei uma abóbora. Levei-a para casa, e era tão pesada, cada vez mais pesada até que não conseguindo mais carregar, derrubei-a. Quebrou, e de dentro saiu a mais horrenda mulher que disse:

– Venha Kinku, sou tua esposa.

O resto da história acabou com o sonho.

Era domingo, o sol penetrava pela persiana fechada. Maude dormia ainda. Iria levá-la hoje à sua cabana.

Desci à cozinha, Saba silenciosa preparava nosso café.

Acariciei seu pescoço, peguei-a pelos seios, apertei o grande corpo contra mim. Se pudesse, eu a deitaria ali mesmo e a penetraria como um animal, sem amor, só com o desejo. Ela continuava fria.

Costumava acontecer quando Maude dormia em casa. Nunca me ocorreu perguntar-lhe se me amava, nem eu jamais o teria dito. Não se tratava de amor. Amor, este sentimento doloroso, que te domina pelas entranhas, eu não o possuía mais. Só o senti quando F. se foi.

Não me interessa reencontrá-lo. Está enterrado naquele buraco feito de terra, rodeado de umidade, no cemitério de Barcelona, debaixo de uma pedra negra.

O grande buraco no meu peito, este se transformou em transbordamento.

Como viver assim? Sem se afogar. Sinto a queda, mas não afundo.

Tenho a impressão de que ele me levou junto e deixou aqui esta casca flutuante.

Suicídio. Já pensei nisso. Não me lembro. Cada vez tenho menos recordações. Deve ser a bebida e a idade que avança.

O vazio transbordante de um amor que ficou como fantasma, não será um suicídio?

Não há bebida, nem sexo suficiente.

Voltei a ler. Como fazia antes, não para mim, para ele. É o que restou. Agora escrevo. Uma espécie de diário. O que aí está escrito, aí está. Não faço literatura. Faço a falta do amor com palavras.

Levei Maude para sua cabana. Ela parecia ansiosa, queria voltar logo, como se tivesse um encontro para o qual não poderia faltar.

Deixei-a e voltei para casa, sombria com a tempestade que se aproximava.

Entrei no quarto à procura de Saba, e vi algo que quero esquecer, o horror. Nunca esquecerei.

Saba, deitada no chão em uma poça de sangue, a cabeça pendida para o lado, as mãos ensangüentadas, os dedos decepados. Por uma foice, ou facão.

Saí para procurar ajuda, encontrei perto do alpendre Sakia, nossa leoa morta por um tiro.

Não foi descoberto o autor do crime, mas o filho de Saba desapareceu para sempre.

Este crime ecoou de tal forma em minha vida, que não consegui mais ficar ali, na casa cuja dona era a única mulher, a rainha cheia de sabedoria, que permitiu a relação mais inteira que vivi. Jamais pude ser seu Salomão.

Resolvi ir embora. Aconteceu então o desaparecimento de Maude. Nós a encontramos perdida no bosque, em estado de semiconsciência.

Ficamos ainda algum tempo, para que minha mulher, que nem minha era mais, se recuperasse. Não sei, quantos meses? Não me lembro. O suficiente para que pudesse me reconhecer, e apesar da melancolia constante que nunca mais a abandonou, voltasse a viver como o autômato em que se transformou.

Grávida do primeiro filho, carregava a imensa barriga com um orgulho que eu nunca percebera antes em sua postura. Pequena e franzina, tornou-se mais forte durante os nove meses que precederam o nascimento do filho. Enquanto amamentava, havia um certo desdém no seu olhar. Também desprezo por quem se aproximasse do menino. Especialmente de mim.

Resolvemos voltar a Toulouse, para a casa de meus avós que já tinham morrido.

Toulouse

Carregamos baús com todos os objetos recolhidos em nossas viagens, lembranças de um mundo que não mais nos pertenceria. Apesar dos anos que lá passamos, nunca nos pertenceu.

Só restaram os objetos empoeirados que encheram nossa velha casa deixada por meus antepassados. O passado e o presente não eram mais do que um amontoado de objetos sem valor, desbotados pelo tempo e pela lembrança.

Nesse velho novo mundo nos instalamos com o primeiro filho que chamamos de Woolf.

O menino crescia bonito e forte, um certo ar selvagem, uma dificuldade em acompanhar os estudos, gostava de ficar fora de casa o dia todo. Deitava-se na grama, montava o pequeno cavalo, vivia pulando por todo o lado. Não tinha sossego. Irrequieto mesmo ao dormir, seu sono era intercalado por pesadelos que o acordavam aos gritos que mais pareciam uivos. A única coisa que o acalmava era quando tinha um papel e lápis de cores em sua frente. Podia ficar horas a desenhar bichos. Antílopes eram os seus preferidos.

Eu não gostava dele. Seu ar selvagem me incomodava, ao contrário de Maude que o enchia de mimos.

Na escola foi mau aluno, apesar de conseguir se formar em Artes, que era a única coisa a interessá-lo. Durante esse tempo, nasceram os outros dois rapazes, Jean Claude e Lou.

Maude, ocupada com os filhos, parecia ter recuperado algo do bom humor da juventude.

Nessa época, eu a deixava em casa com as crianças e ia para a cidade. Mantinha um pequeno consultório onde atendia algumas pessoas com seus animais de estimação. Geralmente cachorros, trazidos para serem vacinados.

Nunca gostei de cachorros domesticados. Cães selvagens e lobos eram os que me interessavam em minhas pesquisas.

Nas horas vagas, passei a freqüentar o cassino, onde jogava a roleta e os dados. As máquinas de caça-níqueis não me atraíam.

Lá conheci Dolly. Uma gorda viúva, que ao entrar no cassino deixava na portaria três pequenos *poodles* brancos enfeitados de laços de fita cor-de-rosa. Ela também parecia um gigantesco *poodle* com suas roupas demais apertadas no corpo, os olhos azuis sem expressão, o rosto coberto de uma camada grossa de maquilagem, a boca vermelha pintada em forma de coração, de onde exalava a fumaça vinda de uma piteira de marfim.

Quando eu me colocava num ponto da mesa de jogo, ela vinha perto, acompanhando minhas jogadas até eu me retirar. Jogava também, mas pouco. Se trocasse de mesa, vinha atrás.

Durante muito tempo, fiz de conta que não a reconhecia. A não ser seu cheiro da fumaça de cigarro, acompanhado de um fortíssimo perfume, ela não me incomodava.

Um dia começou a conversar comigo, convidou-me para um drinque no bar, aceitei, sentia-me sozinho como sempre, tinha vontade de beber, aceitei o convite. Contou-me toda sua vida. Não parava de falar e eu não parava de beber, embalado, não pelo que me dizia, mas pelo som de sua voz que era agradável. Ao saber que eu era veterinário, soltou um gritinho de alegria.

Levaria seus cãezinhos para serem examinados e vacinados por mim.

Estava tão feliz com minha profissão que me fazia sentir importante. Eu, que fui condecorado e recebido a *legion d'honneur* ao voltar para a França, nunca me senti homenageado. A opinião que tinha de mim mesmo não poderia ser pior.

Abandonado pelo poeta e por Saba, eu não era mais ninguém. Os dois eram donos de meu espírito, ao desaparecer me esvaziaram.

Uma noite em que bebi muito, Dolly me levou para seu apartamento num bairro burguês da cidade. O apartamento era grande, feio e escuro. Logo na entrada, um *hall* de recepção, com as paredes cobertas de diplomas, e um grande vaso com flores de papel. Curioso, olhei os diplomas emoldurados em ouro, eram todos de cursos técnicos de um a três meses, escritos em letras desenhadas com o nome de Jordy Duarte, o falecido marido. Havia também os de freqüência de uma semana num estágio qualquer.

O salão coberto de quadros baratos, uma reprodução de Rafael azul desbotada, uma natureza morta de jarra e copo, tudo colocado em escadinha, subindo sempre demais na direção do teto, nenhum quadro na direção do olho. Uma estante de ferro com a imensa televisão coberta por uma toalhinha de renda sobre a qual se encontrava uma coruja de porcelana em marrom e ouro. No imenso *buffet* da sala de jantar, uma pequena árvore de natal em plástico verde, mais os vasos cheios de flores artificiais. Além disso, uma cristaleira cheia de garrafas de bebida e copos de cristal, a única coisa que atraía meu olhar com um certo prazer. Seu quarto era igual a ela e seus cachorros. Todo cor-de-rosa, a cama coberta de cetim, o perfume barato, tudo era vulgar.

Esta era Dolly, que se tornou minha amante, para quem eu levava os cachorros a passear em troca do dinheiro que ela me oferecia para que eu pudesse jogar no cassino. Meu dinheiro nunca era suficiente para tanto. Tornei-me o gigolô de madame Dolly.

Quando passeio com os cachorros que odeio, e me olho em algum espelho de vitrine, o que vejo não sou eu. Velho e ridículo. Um ventríloquo de circo, com seu terno de linho branco.

A vida torna-se cada vez mais abstrata, como se fosse um sonho. Tudo que acontece transforma-se logo em seguida, torna-se tênue. O meu antigo amor se afasta. O que tenho em frente? Nada. Como se estivesse dividido em folhas desaparecendo, um livro com suas páginas arrancadas uma a uma. No fim, restará a capa? Será de papelão amassado, de couro com letras douradas, ou sem letras, apagadas.

Continuarei vivendo, sem minha anuência, sem meu Sim.

Sentado na escadaria da catedral, alto, curvo, olhando para o chão, não se incomodava de ali estar com aquele terno tão branco de linho amarrotado.

Tinha nas mãos um chapéu também branco de panamá com fita preta.

III.

Woolf
ou A Vida Impossível

Woolf, o primogênito, freqüentou a Academia de Artes, onde não fez amigos. Era arredio e desconfiado. Alugou um apartamento miserável em Paris, as despesas pagas por Maude não eram do conhecimento do pai.

Os estudantes agrupados em associações se afastavam de Woolf, sempre só e inacessível.

Ia para a casa dos pais na época do Natal e Ano Novo, e ficava ao lado da mãe a maior parte do tempo.

Recolhido em casa, pintava só para si. O trabalho sem alegria era feito com um ímpeto que mais parecia um embate de forças contrárias. Para não furar a tela, pintava sobre madeira.

O toca-discos sempre ligado. Amava a música, especialmente Bach, Mozart e Schumann, e os livros acumulados em sua volta por toda parte.

Escreveu um dia para sua mãe:

"Ao desenhar, surgem fantasmas terríveis, é como se um feroz animal estivesse dentro de mim, é este sentimento que mostra suas sombras em meu trabalho. Não sei pintar com alegria. Dor é o que sinto. Não é um trabalho de paz, mas de luta e revolta. Estou frente a frente com o eu rejeitado por mim na vida diária. O eu não-aceito, escondido, escamoteado.

Frente a frente com a dor e a morte. É esta a razão porque fujo, mas também volto. Preciso enfrentar o inimigo, e este inimigo sou eu a desenhar ou pintar meus quadros.

Sou cruel. O que é a crueldade? Do ponto de vista do espírito, crueldade significa rigor, aplicação e decisão implacável, determinação irreversível, absoluta. Este sou eu, o eu cruel comigo mesmo. Nunca com os outros.

Tenho lido muito. Irrito-me, sinto que tudo desmorona ao entrar neste mundo. A arte é matéria viva, pulsante, ao mesmo tempo intelecto e sentido. As idéias para se tornarem vivas, precisam da arte. A arte pulsa. Esta é sua diferença com o pensamento que não é poesia. A verdade se encontra na ruptura do pensamento e da linguagem, nos interstícios da linguagem convencional. Arte é ruptura, e só a liberdade nos dá a ruptura. A ciência precisa de camisas-de-força. Não quero regras. A arte é transbordamento do eu. Quando não se tem companheiro de batalha, a luta é solitária, e nos transformamos em Dom Quixotes grotescos. Não há como pertencer ao grupo dos bem-intencionados.

Se os há, não os conheço por força de minha reclusão e de minha geografia. Geografia, é claro, pois se não consigo me entender com meu próximo, a única coisa que me une aos outros é a proximidade. Tudo que faço ou escrevo soa falso. Nada, além disso, mãe querida".

Não havendo lugar suficiente para as telas e a enorme quantidade de livros, mudou-se para um galpão, um depósito de mercadorias desativado.

No inverno não podia se aquecer, era obrigado a armar uma pequena fogueira no meio do grande espaço. Assim dormia encolhido sob alguns cobertores. Sabia que não ficaria ali muito tempo, pensou em vender algumas telas para poder sair da cidade que não apreciava, apesar de sua beleza e vida cultural agitada.

Tornou-se filósofo e pintor sem jamais ter realmente freqüentado as escolas. Seu caminho era o da busca. Não se contentava com os indicados pela filosofia de seu tempo.

Sem amigos, escola ou mestre, seguia algo que não conhecia ainda, mas sabia existir. Procurava a superação de si mesmo, nunca a procura do prazer, da paz ou felicidade. Afastou-se da igreja que lhe oferecia promessas de vida eterna.

Caminhava muito pelas florestas e campos ao redor da cidade. Não bebia nem fumava, e não lhe interessavam as mulheres.

Amou um filósofo cujas idéias o apaixonaram. Lia e relia toda a obra de Schopenhauer, com o fervor de um jovem que não abandona seu amor, por mais terrível que seja o pessimismo ali representado, a "Sinfonia Patética" do pensamento do século xix.

Escrevia, mas dominava mal a palavra. Parou de escrever, apesar de manter uma correspondência contínua com a mãe.

Apreciava a falta de estrutura formal, a aparência de esboço. Trabalhava as telas sem terminá-las. Um quadro não se acaba, assim como a idéia deve permanecer como interrogação, nunca como certeza, assim pensava.

Querendo sair da cidade, ia com os quadros debaixo do braço, de galeria em galeria. Ao conseguir finalmente ser recebido por um *marchand*, percebeu que seu trabalho de força e violência descomunal não atraía o interesse destes homens e mulheres de negócios que só admitiam artistas que se aproximassem do gosto daquele que seria um certo público. O que fosse mais vantajoso. Cada galeria tinha o seu pedaço de público, com características próprias. Aquilo que chamavam de estilo, nada mais era do que a adaptação ao gosto de uma clientela que era a sua. Preferiam sempre os artistas conhecidos. Por vezes traziam à luz um pintor esquecido, já morto, cuja lembrança era resgatada. Raramente conseguiam, e voltavam assim os pobres mortos para a obscuridade dos túmulos, os bons e esquecidos artistas.

Finalmente, teve que recorrer ao auxílio da mãe para poder obter a passagem mais barata que pudesse comprar. Resolveu ir ao Brasil, país que já fora o de seus avós. Não querendo morar em São Paulo, foi de trem até um vilarejo em Minas, onde ficou durante sua curta vida.

Lá conheceu uma mulher diferente, que percorria as ruas sem olhar nem falar com os moradores da cidade. Habitava um antigo palacete rodeado de espesso jardim abandonado. Circe era seu nome. Usava longos vestidos em estilo indiano, os cabelos grisalhos puxados para traz com um coque apertado na nuca descobriam as pequenas orelhas com argolas de ouro. Em cada dedo das mãos um anel, e várias pulseiras tilintando à sua passagem.

Woolf, pela primeira vez curioso por uma mulher, soube tratar-se de uma viúva que escrevia poemas. Foi a única coisa que conseguiu saber, pois os habitantes dali não eram de muita conversa. Só lhe disseram que no fundo do quintal criava porcos, nunca vendidos nem usados como alimento. Cuidava também de cachorros vadios, para quem comprava carne toda vez que saía para ir à igreja. Além disso, ia à feira comprar legumes. Era vegetariana, e bebia a boa pinga comprada no botequim do Zé Coveiro, assim chamado por ser o coveiro do pequeno cemitério da cidade que cuidava como um jardim, o único da vila a ter árvores cheias de flores. Eram manacás, buganvílias, hibiscos, até lilases que o Zé gostava de plantar. As lajes sempre impecáveis eram mais brilhantes que o balcão onde vendia a pinga.

Não estando no estabelecimento, podia ser encontrado no espaço colorido, seu orgulho, mesmo que dona Maria das Dores, a mulher, brigasse com ele sempre que se ausentava.

Circe era a única a manter conversa com Zé, ao passar pelo botequim. Os da vila achavam tanto um como outro estranhos, diferentes.

Juntou-se aos dois, Woolf, que não bebia nem fumava, mas que aparecia para comprar óleo de linhaça e terebintina, misteriosamente ali vendidas, assim como pregos, anzóis e outros materiais.

Iniciou-se uma relação da qual Zé participava, tomando uma aguardente. Woolf tomava guaraná e seguia a conversa, com muita atenção e pouca fala.

Nasceu a amizade entre Woolf, de trinta anos, e Circe, de sessenta.

Depois de alguns encontros, convidou o enigmático Woolf para morar em sua casa, que era grande, fresca, vazia e muito agradável. Ao lado da janela um grande tear onde Circe passava horas tecendo mantas, nunca terminadas, guardando-as em um grande armário. Ao faltar lã, desfazia uma das mantas e recomeçava o trabalho. Assim como Penélope, tecia o manto fino para o marido morto ou para um amor sempre presente em sua ausência.

Como vivia muito só, encontrou em Woolf um ouvinte atento e delicado. Escrevia poemas em pequenos cadernos escolares, guardados junto às mantas no armário.

Woolf pintava enormes quadros em velhas portas que encontrava em suas andanças. Eram sempre misteriosos seres deformados, mistura de humanos e animais, em cenas eróticas e demoníacas.

Quando não tinha dinheiro, Circe comprava um quadro, cobrindo aos poucos as altas paredes da casa. Às vezes fazia-lhe a encomenda de um trabalho que ilustrasse algum poema, não seu, mas de poetas queridos. Havia um em particular que ela admirava acima de todos não só pela fortíssima poesia, mas também pela história de vida que se aproximava da sua: Paul Celan era o artista.

Poeta e judeu, escreveu na língua de seus algozes. Dizia de sua própria língua alemã, que deveria passar pelas múltiplas trevas do discurso mortífero. Como negar sua língua materna, quando se torna inimiga? Não é a língua, mas as palavras, o uso que fazem delas, que a tornam inimiga.

Circe falou dele com intimidade sem jamais ter revelado sua relação com o poeta que ela chamava carinhosamente de Antschel, seu verdadeiro nome.

Woolf não tinha curiosidade, só sabia que a encomenda de desenhos servia para ilustrar os poemas de Paul.

O desenho bonito o irritava. O brutal estava mais perto da verdade. Não tinha uma linha de trabalho. Não eram idéias que surgiam, mas coisas. As idéias poderiam ser confusas, mas as coisas tinham existência independente. Elas surgiam. Uma ou outra vez ocorria-lhe a necessidade de mais ordem, uma seqüência lógica, clara. Mas não acontecia. Escreveu em seu diário, pouco visitado:

"Como é difícil trabalhar assim no escuro, deixando-me levar pelo que surge, como se eu estivesse tomado por um movimento sem controle; e o que aparece é sempre uma surpresa, um ritmo, uma ação estranha, um jogo que é estético e visceral ao mesmo tempo. Sem controle, não entendo muito bem o que surge, nem entendo o processo".

Para obter a liberdade, abandonou a idéia de agradar, de vender, de vencer. No momento em que apareceu a autocrítica, a comparação de si mesmo com outros, a ambição que rói, o medo do outro, a frustração pelas expectativas não satisfeitas, neste momento penetrou a angústia.

Desistiu de mercados de arte, exposições, vendas, todas as restrições que o revoltavam.

Ilustrar poemas de um sobrevivente devolveu-lhe a dignidade, pois ele se considerava também um deles.

Sonhava muito com leões e tigres em casa, presenças constantes, ameaçadoras. No dia seguinte, contava a Circe o que tinha sonhado. "Estes animais", dizia ela, "são os fantasmas que aparecem como sombras em teus desenhos. O teu trabalho não é nem será o de paz, mas de luta e revolta".

Assim, sentados à mesa do café, frente a frente em silêncio, absortos em pensamentos, cada um com o seu eu não-aceito e escondido para o outro. Face a face com a dor e a morte, enfrentando o inimigo do qual fugiam e para o qual voltavam sempre.

Discutiam por qualquer coisa sem importância. Circe não gostava das mãos de quatro dedos de Woolf, que lhe causavam repulsa. Pedia que as mantivesse fora de sua vista. Ofendido, saía de casa.

Ao voltar, Circe o atraía ao seu leito, e eram essas mesmas mãos que ela fazia deslizar sobre seu corpo. Ela o possuía como se ele fosse a fêmea. Deitava-se com os pesados seios sobre seu peito, e fazia com a ajuda de sua habilidade que ele a penetrasse. Montada sobre ele como amazona, até fazê-lo gozar ao mesmo tempo em que ela se perdia em prazer na perda de si mesma.

Era sempre assim: ela, o macho, ele, a fêmea, recebendo-a passivo até o gozo. Nunca subiu sobre seu corpo, nem lhe lambeu o sexo, mesmo que o desejasse. Orgulhosa, deixou de pedir. Era ela então que o despertava com mãos e língua ágeis, até conseguir que ele, excitado, a penetrasse ao mais fundo de seu prazer.

Não havia amor. Não saberia dizer o que era. Um desequilíbrio, repetição da desigualdade. Mesmo assim, o gozo era sentido.

Quem sabe a noção de igualdade é uma fantasia, a união, uma relação utópica do desejo nunca realizado? Uma fantasia moralista criada pelo homem para apaziguar seu sentimento de culpa que lhe proporciona a diferença.

Perambulava pela cidade cujos velhos casarões da época colonial nas encostas da Serra, com seu ar de presépio, o atraíam.

Sentia prazer em passar horas nas belas igrejas, especialmente a matriz de Nossa Senhora de Montserrat. Não sendo religioso, não era o esplendor dourado da velha igreja que o atraía, mas a sensação de paz e o silêncio sombrio que emanava da figura de Cristo no Calvário, em sua dor congelada.

Procurava também o silêncio diferente dos bosques em torno da vila.

Deitado, adormecia. Já anoitecendo voltava à casa de Circe. Os sonhos no bosque eram de uma qualidade diferente. Eram cheios de ruídos, pios, sussurros, asas esvoaçando e uivos lancinantes.

Levava dentro de si as imagens evocadas pelos sons, embalado em estado de paz, e que só o abandonavam quando Circe punha-se a indagar por onde ele andara.

As discussões de sempre. Dizia não suportar seus mistérios.

Ela tornara-se mais forte, caminhava agora com passos vigorosos, seu rosto adquiriu um tom saudável e fresco. Apesar da idade, não aparentava mais o ar cansado de antigamente. Por sua vez, Woolf fenecia a olhos vistos, a tez escurecia, ele que tivera a mais alva pele. Os magníficos olhos pretos, inchadas as pálpebras, rodeados de escuras olheiras, tinham um ar de profundo cansaço e tristeza. Até seus belos e longos quatro dedos eram manchados de placas amareladas, e as unhas mal aparadas viviam quebradas e sangravam.

Perdeu o apetite. Os grossos bifes que Circe lhe servia, ele deixava no prato, intocados.

Só sentia-se mais vivo ao deitar-se na sombra do bosque e deixar-se invadir pela música que o cercava. Ou quando voltava às ilustrações que fazia para os poemas de Paul.

Circe, preocupada com seu estado, chamou um médico da vila. Depois do exame, achou tratar-se de uma depressão, não podia encontrar sinal de outra doença. Receitou antidepressivos que o fizeram sentir-se pior do que antes. Ambos aceitaram a situação como inevitável.

Surgiu um fato novo, porém, que se tornou insuportável. De manhã era acordado por britadeiras com um som vibrante a penetrar todo o seu ser. Não entendia de onde provinha, nem via operários trabalhando. À noite, ao dormir?

Decidiu ficar acordado, para ver se conseguiria descobrir de onde vinha o barulho infernal.

Deitou-se, prestou atenção, já estava quase adormecendo, quando começou. Devagar, um ruído como o de ratos a caminhar pelo chão. Acendeu a luz, olhou em volta, o ruído crescia, mas não vinha de nenhum lugar que pudesse ser visto.

Vinham por baixo da casa. Conseguiu adormecer finalmente. Acordou, ficou o dia todo na cama, a esperar a hora em que o ruído fosse recomeçar. Foi como na noite anterior. Ensurdecedor. Eram britadeiras furando pedras, máquinas rangendo ferro contra ferro, vozes humanas muito ao longe.

Falou com Circe que lhe disse que nada ouvia, nem os vizinhos da redondeza, ninguém ouvira ruídos à noite, nem havia construções por perto.

Os únicos lugares onde encontrava silêncio eram a igreja e o bosque. Mas para lá não podia fugir, a igreja fechada e o bosque cerrado não o acolheriam a esta hora.

Dormia durante o dia, e à noite sofria o tormento contínuo. Era como se mil demônios estivessem a demolir os porões do mundo e só ele pudesse ouvi-los. Não queria mais ir para a rua. Circe ficava ao seu lado para acalmá-lo. Contava-lhe histórias de sua vida que ele ouvia com os olhos fechados. Depois de um tempo interminável, semanas, meses, aconteceu. Acordou e já não havia mais rumor algum. O silêncio era tal que só o ruído de seu corpo ouvia. Correu para a janela e, desesperado, gritou como louco, dirigiu-se para a sala onde Circe trabalhava ao tear.

Disse: "Eu vi. Eu vi. Um imenso muro de tijolos e pedras, tão alto, que do céu não se vê nem um pedaço". "Estou preso", gritava, "estou preso para sempre".

Circe procurou acalmá-lo. Deitou-o em sua cama fresca, deliciosa cama com seus lençóis de linho. Lá ficou Woolf envolvido pela doçura desta mulher que fez dele um filho e amante.

Cercado pelos cuidados, passou a viver escondido, enroscado como um feto nas dobras do útero que de vermelho sangue passava para a alvura de um óvulo que o enrodilhava e protegia.

Assim ficou, entre momentos de perda e de profunda lucidez. Nestes momentos era capaz de examinar seu estado. Dizia à sua companheira: "Minha amiga, esposa, mãe. Não me deixe só. Quando eu me for, pegue tudo que pintei e escrevi e queime no jardim.

Encarceraram-me sem que eu o percebesse. O ruído percebi, a voz de pedreiro também, mas não soube o que era. Agora sei. Já nasci isolado, o mundo dos homens não é meu, nem o dos animais. Não tenho mundo. O Paraíso Perdido me foi negado. Aquele em que fui homem e animal, na paz de sermos um, desapareceu. Vou viajar. Ainda não sei para onde".

A Viagem

A viagem anunciada não se deu. Foi para um hospital psiquiátrico.

Circe não saiu de seu lado. A única coisa a acalmá-lo era a voz da Mãe que ele chamava de Lua.

"Vou te contar, meu filho-amante, algumas coisas de minha vida: nasci no Brasil, mas fui para a Europa aos cinco anos de idade. Meu pai era diplomata, vivemos em Amsterdã muitos anos, até a Guerra, a última. Vivíamos numa estreita rua de canal em uma casa típica, com suas janelas sem cortinas. Cada uma se apresentava ao olhar de quem passasse, como uma natureza morta. Eram muito lindas as janelas de Amsterdã. Mantinham uma luz de lamparina, ou vela acesa, que nos convidava a penetrar neste mundo de mistério.

Gostava de pensar que realmente algo de muito precioso e secreto acontecia nestes aposentos mal iluminados.

Meu pai brasileiro, casado com uma russa muito inteligente e silenciosa, vivia o prazer de sua carreira e de seus livros. Mussia era escultora e dava aulas particulares de russo. Minha mãe, não cheguei a conhecer. Morreu assim que nasci.

Adorei meu pai, que ao se ocupar de mim fazia-me sentir muito frágil. Dava-me aulas sentando-me no seu colo e lia em voz sonora os livros amados. Sempre os poetas que eu não entendia, mas gostava de ouvir, vozes vindas de lugares silenciosos, macios, que me adormeciam.

Fui filha única e formei-me em direito por vontade de meu pai. Nunca me interessou, mas terminei a faculdade. Tinha um diploma nas mãos e muita poesia na cabeça.

Estudei filosofia, russo, até o hebraico. Era cristã e a maior parte de meus amigos eram judeus intelectuais de esquerda. Nesta época fiz parte de um movimento sionista. Algo me dizia que eu era judia, que pertencia a esse povo.

Em 1941 conheci o poeta Paul Celan. Fui sua amiga, secretária e amante. Um dia contarei nossa história.

Os nazistas ocuparam a Holanda em 1940 e começaram a deportar os estudantes para Westerbork. Era um campo de concentração usado pelos alemães, de onde eram deportados os judeus, na sua maioria para os campos de morte na Polônia.

Centenas de milhares de homens, mulheres e crianças. Os alemães empregavam judeus vindos da Alemanha para cuidar da eficiência e ordem.

Foram criados 'Conselhos Judaicos', uma forma perversa de agir com aqueles que pertenciam à comunidade local unida pela cultura e religião. Separados por hierarquias que a nada serviam, os grupos sociais com os proeminentes, os notáveis, de um lado, dotados de falso poder, e de outro a amálgama informe, constituíam o resto da pequena sociedade judaica.

Era o infame trabalho deste 'Conselho de Anciãos' organizar as famosas listas para a deportação aos campos de Vught ou Amersfoort, e o mais importante, o de Westerbork, que se encontrava na inóspita província de Drenth, a trinta quilômetros da fronteira alemã.

Toda as segundas-feiras de manhã partiam os trens dos *transit camps*, como eram chamados, às 11h00 exatas, levando mais de mil deportados para Auschwitz ou Sobibor".

Quando Woolf adormecia, Circe retirava-se silenciosa, para retornar na manhã do dia seguinte. Era o período em que os médicos e enfermeiros se ocupavam dos pacientes. O tratamento por eletro-choque foi prescrito.

Ao voltar para o quarto, parecia descarnado. Exangue, lívido, deitado, sem forças para falar.

Piorava a olhos vistos. Circe resolveu tirá-lo do cárcere psiquiátrico e o levou para casa, sem mesmo falar com os médicos. Lá, em seu quarto fresco, ele ficou sob os cuidados de Mãe Lua. Era assim que a chamava.

Aos poucos melhorou, já comia, voltaram-lhe as cores, porém os olhos continuavam perdidos em um lugar onde ninguém podia alcançá-lo. Uma clareira no meio da mais espessa floresta onde sentia uma paz muito grande, uma sensação de alívio. Ao voltar da floresta, ainda com os olhos plenos de sombras, consciente, mais desperto, pedia a Circe que continuasse a história de sua vida, que ela havia interrompido.

Imersa no passado, contou-lhe aos poucos os pedaços que ainda restavam, soltos farrapos, restos de um tempo de guerra.

"Eu fazia parte de um grupo de funcionários enviados pelo 'Conselho Judeu' a Westerbork, onde trabalhei como assistente social. Era permitido que saísse dali para voltar nos dias seguintes, porque não era judia. Assim consegui levar e trazer cartas, até cigarros, que escondia debaixo da roupa.

Por sorte nunca me pegaram. Eu não tinha consciência do perigo que constituía esse tráfico feito com a maior desenvoltura por mim.

Continuei morando no elegante bairro do sul de Amsterdã. Ao voltar para casa, me ocupava das mesmas coisas de antes. Preparava minha comida, lia meus poetas, ouvia música, ou lavava a roupa. Era como se dois mundos diferentes vivessem em mim. Como conseguia? Não sei se o estado de alerta necessário para continuar vivendo me protegia da dor ou dos pensamentos que poderiam me ferir. Conseguia até ser feliz em certos momentos do dia. Com tanto sofrimento à minha volta, como podia não ter vergonha de minha felicidade? Nenhuma culpa? É verdade que eu bebia todas as noites.

Vodca com gelo e limão, ou vinho tinto que eu bebia assim que chegava em casa. Punha meus discos, acendia as velinhas e comia algo. À noite acordava várias vezes, os pensamentos que vinham não eram relacionados ao que acontecia durante o dia. Eu precisava amar e o amor pelos outros não era bastante. Para mim, o amor universal era palavra vazia. Não só precisava sentir o amor, como a presença de um corpo ao meu lado para me entregar a ele. A realidade tornara-se mero apêndice à irrealidade que eu criara para mim. Vivi durante algum tempo nesta névoa que me impediu de sofrer.

A situação no campo começou a se tornar difícil, mesmo com meus documentos. Havia um ar de hostilidade com o aumento do número de internados e também dos soldados da ss. Eu corria o perigo de, uma vez estando lá dentro, não poder mais sair. Foi então que percebi o quanto tinha me afeiçoado àqueles que se tornaram meus amigos, e como custava me separar deles. Meu isolamento em casa pedia a volta para o lugar que passou a me pertencer, onde eu podia encontrar o calor de que tanto necessitei.

Meu pai, pressentindo o perigo se acercando de mim, fez-me jurar não mais voltar para lá. Foi o que fiz. Restou um vazio que jamais foi preenchido. Nem o amor de Paul, nem o sofrimento por não poder possuí-lo, conseguiram me fazer esquecer daqueles dias passados em companhia da dor compartilhada.

O amor foi sempre minha busca nunca satisfeita. Até hoje ela continua".

Woolf dormia, e Circe, sem sono, sentou-se ao tear, onde tecia uma jaqueta para seu homem que a deixava aos poucos. Ela sabia que ele estava indo, sentia-se perdida. Pensou em avisar a família, mas quando lhe contou que pretendia fazê-lo, ele se revoltou e proibiu-a violentamente, tanto quanto lhe permitiam as forças.

Depois de todos os anos passados, voltou a pensar em sua vida depois de terminada a guerra. Em Paul e seu amor impossível, não queria pensar.

O pai morreu de um câncer que lhe atacou o estômago. Mussia afastou-se recolhida em seu estúdio. Estava mais uma vez só, os amigos todos mortos e Paul de volta à sua esposa, não lhe restara muita coisa a fazer. Viveu durante algum tempo nos Estados Unidos, participou do movimento de jovens *hippies*, deitou-se com muitos homens, fumou maconha, tomou LSD, só não aceitou a heroína que lhe era oferecida. Casou-se sem amor com um jovem polonês louco, que se dizia rei e tinha medo de ser morto por envenenamento.

"Quando realmente morreu, de forma inesperada, senti uma dor profunda. Deitado na cama do hospital, coberto por um lençol de papel. Nunca suportei esta imagem, um papel branco e fino. Depois o crematório, as cinzas, o papel. A lata dentro de um saco plástico. Toda uma vida. Era isto. E as Saturnais? E o sacrifício do rei que permitiria a volta da Idade de Ouro? Onde se encontra o rei, mesmo que seja o falso rei?

Vim com um grupo de amigos para o Brasil, onde alguns se instalaram no Rio de Janeiro, outros, depois de algum tempo, voltaram a suas terras.

Eu fiquei. E aqui fico. Agora penso: a única vez em que fui realmente feliz e me senti plena e realizada foi no Campo de Westerbork na companhia de meus irmãos em infortúnio. Lá me senti útil e amparada pelos meus iguais".

"O que me restou ainda? Um coração cansado e insolente: uma vontade instável; asas esvoaçantes; uma espinha dorsal quebrada.

Essa procura pelo meu lar, ó Zaratustra, bem o sabes, foi minha tortura particular, ela me devora." (Nietzsche)

Woolf partia pouco a pouco, e meu lar nunca mais seria meu. Quando foi que alguém disse: "Cansada borboleta". "Quem foi? Não me lembro".

Em um dia quente de sol alto, ele resolveu passear. Disse que queria ir à igreja sozinho. Caminhava com dificuldade, subiu a ladeira de pedra que ia dar na praça. Mas não entrou na igreja. Foi até o bosque onde se deitou debaixo de um manacá coberto de roxo, sobre o tapete de flores.

Ficou assim por longo tempo, os pensamentos iam e vinham. Às vezes ligeiros, outras sorrateiramente o penetravam. Respirou o perfume de roxos e verdes, ouviu o zumbido, o rumor, os pios, os minúsculos movimentos de toda esta vida em sua vida.

Sentia-se feliz. Não tinha sido reduzido à servidão humana. Não fora senhor nem escravo. Era totalmente livre. Poderia dormir sem culpa. Não era mais o Homem. Nunca destruiu, invejou, ou matou sequer um inseto, nem acreditou em religiões, não tinha Deus algum a lhe proteger. Não pediu nada, nada esperou, tudo aceitou. Estava finalmente além do Bem e do Mal.

Circe o encontrou morto com um sorriso nos lábios. Dormia feliz, como nunca fora, quando acordado.

Levou-o para casa onde lhe deu o derradeiro banho. Vestiu-o com a mais linda camisa branca, as calças de linho, as meias de seda. Era tão lindo e sereno. Circe o amou como jamais neste momento.

Foi enterrado no jardim florido do Zé Coveiro.

A família veio para vê-lo, Claude, Maude e os dois irmãos. Ficaram pouco e se foram.

Circe voltou ao tear. Havia agora mais um homem para quem passaria a tecer suas mantas.

IV.

Jean Claude
ou A Vida no Presente

Ele é gordo, risonho e satisfeito. De seus irmãos nada tem, nem da mãe ou pai. Entende-se melhor com o pai do que com os outros.

É sério e aplicado nos estudos, apesar de não se interessar por livros. Gosta de brincar com seus carrinhos e jogar Monopólio.

Guloso, come chocolates e as sobremesas que Maude prepara especialmente para ele. As faces sempre rosadas e os olhos azuis são zombeteiros. Sempre será assim, mesmo quando adulto.

Dizem que os gordos são bem-humorados. Ele é feliz, assim como podem sê-lo os homens sem qualidades na maior parte das vezes.

É relaxado, preguiçoso, mas cumpridor das tarefas escolares. Briga pouco, olha para todos como aqueles que lhe servirão algum dia.

Vai à igreja, mas não acredita em Deus. Reza, comunga, confessa pecados inventados, pois não crê que os tenha. O que dizer de um homem assim pouco interessante? Já foi possível em literatura. A literatura foi capaz de transformá-los. Como ele não se interessa por literatura, não é seu o problema. Mas será o meu.

Tem um único amigo. Estão sempre juntos. Joseph, de pais alemães, e pobres, é inteiramente diferente de jc. Alto, anguloso, cabelos loiros e lisos. Gosta de ler, vai fazer filosofia ao entrar na faculdade. Tem inquietações que não comenta com jc. Não sei do que podem conversar ao passearem juntos pelos campos amarelos das flores de canola. Montam o cavalinho, aquele que está há muito tempo em casa, cujo cheiro se espalha pelos quartos. Brincam de *cowboys* e índios, vão ao cinema nos domingos, jc mastiga ruidosamente os dropes de eucaliptos um após outro.

Ambos estão na idade em que começa a curiosidade e inquietação sexual. Costumam ir espiar a rua sem carros onde caminham os homens que por sua vez espiam as mulheres nas janelas semicerradas de pequenas casas geminadas, onde não há um jardim sequer.

Espreitam, e os peitos nus à mostra lhes causam um estranho sentimento, uma vontade que povoa seus sonhos e os faz acordar molhados.

Nada disso é novo, banal até, mas o que dizer de algo que é banal e velho. Repetir o repetido, não será uma forma de preencher o vazio?

JC fica muito tempo frente ao espelho, alisa os cabelos encaracolados com gomalina.

Com um espelho na mão, e outro atrás de si, gosta de se mirar de todos os lados. Gosta também de brincar com o sexo e vê-lo intumescer ao toque, enquanto pensa nos peitos das mulheres de rua. Sendo relaxado em tudo, não o é ao se tratar da roupa. Exige da mãe que lhe entregue sempre camisas limpas e engomadas, veste-se com um esmero que não é próprio dos colegas de ginásio. Olha os professores com ar de superioridade, mas faz questão de tirar boas notas. Sendo obrigado a usar óculos por causa de uma miopia, ele os perde sempre, para desespero do pai que tem de comprar outros.

Adulto usará lentes de contato, mas as pequenas manias continuarão as mesmas. Assim como, por exemplo, a de lavar as mãos várias vezes ao dia, especialmente quando é obrigado a saudar alguém. Por isso, ao cumprimentar, põe as mãos para trás, e um inclinar de cabeça que ele acha interessante e cortês, o que lhe dá um ar afetado. Acostuma-se a não granjear amizades, mas respeito. É o que sempre deseja. Faz tudo que pode para obtê-lo, nem que para isso tenha que comprar ou trocar favores. Assim é e assim sempre será.

Consegue entrar com facilidade na Faculdade de Comércio e Indústria, onde se formou depois de cinco anos, que para qualquer um seriam entediantes, para ele são motivo de orgulho e prazer. Joseph estuda filosofia, e ambos continuam a se encontrar uma ou outra vez. O que eles têm em comum é a miopia e o gosto por mulheres. Continuo sem saber sobre o que possam conversar. Quem sabe seja essa a qualidade que eu buscava em JC. Gostar de alguém como Joseph, que aparentemente nada tem a oferecer, sempre pobre, culto, amante de livros e de música. Ser amigo de um homem que tudo indica, será sempre assim, já é uma qualidade.

Porém, sendo o ser humano essencialmente corruptível, é possível que tudo isso resulte em algo diferente, e que tanto um como outro acabem sócios de uma máquina poderosa, que os leve para caminhos não imaginados.

Já na faculdade JC faz pequenos serviços na elaboração de provas escritas para os colegas, em troca de dinheiro. Inicia assim um pequeno plano de prevaricações, que incluem o roubo de material com as questões que cairão nas provas. Compra, troca e revende canetas, relógios, livros e assim acumula uma poupança. Como leva uma vida muito frugal, quase não gasta, a pequena conta iniciada no banco vai aos poucos se avolumando.

Prepara sua própria comida. Um caldeirão com a sopa grossa que guarda na geladeira e esquenta todos os dias tomando-a acompanhada de pão fresco. Uma laranja ou banana de sobremesa, algumas balas enormes e redondas de mel que ele chupa ruidosamente.

Lava a roupa na pia da cozinha e passa com esmero as camisas engomadas. Engraxa os sapatos todos os dias. Continua com o ar de polida elegância, nunca deixando de usar gravata.

Não lê, mas gosta de ir ao cinema. Assiste com muita atenção aos filmes de roubos a bancos, falsificações de quadros, quadrilhas de gangsteres e a violência lhe traz gozo, um arrepio de prazer.

Incapaz de matar uma barata, gosta porém de ver quem o faça. Quando a ratoeira que ele põe perto do fogão apanha um rato, joga fora a ratoeira junto com o animal e lava as mãos várias vezes. Gosta também de passar álcool nas mãos sempre que toca em alguém. Sofrendo de acne, aperta as espinhas, olha atentamente a pele avermelhada que cobre com um creme antes de dormir.

Tem mãos pequenas e dedos gordos e curtos, as unhas roídas. Usa um anel de metal dourado com sinete no mindinho.

Continua sempre gordo e maneiroso. Quem sabe a única coisa bela em sua figura serão os olhos azuis por traz das grossas lentes de míope que um dia trocará por lentes de contato.

Ao terminar a faculdade, tem uma amante, mulher mais velha, belíssima e casada.

Difícil se imaginar o que a terá levado a dormir com esse homem sem atributos e sem dinheiro. Será a maneira rude como a trata, o desprezo com o qual faz o amor, a falta de paixão, em contraste com a delicadeza do marido? Catarina, Caty, Cat, como costuma ser chamada, tem um estranho prazer em sentir-se humilhada na sua feminilidade. Há ocasiões em que pede para apanhar ou ter as mãos atadas com o cinto de couro.

Quando a conheci, JC já tinha ido embora há tempo. Foi ela quem me contou fatos que vou tentar reproduzir aqui.

Sabe? Eu sei. Conto para você. Só porque é escritor, contarei. Sou bonita, mas não idiota. Conheço os homens. Tive muitos. Alguns me amaram, outros me usaram, assim como você que está aqui comigo na cama, e me usa para saber mais sobre aquele que nem eu ou você respeitamos. Não entendo o teu interesse, nem consigo saber o que me levou a ter um caso com aquele que vai ser o personagem de tua história.

Eu o encontrei em um jantar beneficente de uma sociedade em favor dos direitos dos animais.

Você me pergunta: "Animais têm direitos?". Claro que têm. Você, que é escritor, não leu os livros de Coetze?

Estávamos na África, onde meu marido era médico. Foi onde conheci escritor africano. E Derrida? Este você leu não é? Quando diz: "Há muito tempo pode-se dizer que o animal nos olha?". Que animal? O outro.

Vê, não sou burra, leio muito e gosto de animais. Os gatos especialmente. Tenho quatorze em minha casa. Tive uma amiga que amava os cães. Chegou a ter noventa. Cada um de nós com sua loucura não é? Além disso, você já deve ter percebido. Sou ninfomaníaca.

O que fazia JC em um jantar beneficente? Já tendo enriquecido, fazia parte de várias atividades sociais que o ajudavam a encontrar sócios para seus empreendimentos. Era dono de um pequeno banco que crescia às custas da lavagem de dinheiro, especialmente o dos traficantes de drogas. Estava então na África a negócios com um grupo de africâner, gente de baixa classe dona de muito poder. Onde havia dinheiro e poder, lá se encontrava JC. Assim que me conheceu rodeou-me de atenções. Telefonava todos os dias, me convidava para almoços, mandava flores, tudo igual ao que se vê nas cenas de filmes idiotas.

Tanto insistiu, que eu, entediada, sem nada para fazer, acabei aceitando ir deitar-me em sua cama no Grande Hotel cinco estrelas. Era tudo extremamente vulgar. Desde o *hall* de mármore aos elevadores acolchoados de veludo vermelho com bancos também de veludo, sabe-se lá para que serviam. O enorme quarto era exatamente o que se poderia esperar. Grande cama, onde ele gostava de me jogar com brutalidade, enquanto arrancava minha roupa e abria as calças. Era tudo violento e rápido. Terminávamos, eu me vestia e ia embora sem me despedir. Éramos ambos seres com apetite e perversidade. Provavelmente, o que nos unia era a minha miséria e a sua impureza no jogo da conquista. Gostava de dominar e eu, de me sentir dominada. Se havia confronto, era o de duas forças iguais em sua natureza.

Foi-se embora assim como veio. Eu deixei meu marido, que, tendo descoberto meus encontros, tornou-se cada vez mais triste, silencioso e humilhado. Não agüentei, teria preferido a revolta, fiquei com ódio de sua dor sem reclamação.

Nada reivindicou, fechou-se em masmorra no consultório de onde saía só para vir para casa dormir.

Não agüentei a situação, resolvi deixar a África e voltar para meu país e cidade que era a mesma em que JC vivia. Continuamos nos encontrando, não era mais o sexo que nos unia. Tornei-me sua amiga e confidente. Os únicos amigos que teve eram eu e Joseph, que passou a ser o testa de ferro nos negócios tortuosos de jc.

Joseph era muito magro, delicado, vivia rodeado de livros onde estivesse. Até nos bolsos enfiava os livros que lia nos momentos em que não estivesse trabalhando. Era inteiramente indiferente ao trabalho que fazia, chegou até a usar uma arma, que tenho certeza não saberia usar.

jc conheceu aquela que viria a ser sua esposa em uma de muitas visitas que fazia às casas de leilões – nesta altura passara a se interessar por arte –, uma mulher feia, mais velha, mais alta e aparentemente mais refinada que ele. Era riquíssima, viúva de um homem que tivera poder político na cidade em que vivia. Acostumada ao luxo, amante de arte e colecionadora, atraiu a atenção de nosso herói que se aproximou dela.

Viveu na imensa casa de Ivone, rodeada de altíssimos muros, com portão de ferro.

Moderna, os salões tinham as paredes cobertas de quadros, alguns antigos, outros contemporâneos, alguns bons e outros de mau gosto. Os móveis eram imensos, nas mesas dispostos alguns vistosos livros de Arte. Nem mesmo as orquídeas espalhadas pela casa tinham o ar de serem naturais. Tudo lá era artificial, pomposo, impessoal. Vários empregados movimentavam-se silenciosamente, com suas roupas negras. As festas eram majestosas, com vários homens também de preto ao lado do portão, para manobrar os carros e acompanhar os visitantes até a porta de entrada.

Nessas ocasiões eram servidas bebidas caras, champanhe variados canapés.

Os freqüentadores da casa eram uma mistura de gente de negócios, políticos ativos e aposentados, banqueiros, alguns artistas e donos de galerias escolhidos para dar um toque leve e artístico ao ambiente, assim como os quadros que, mortos como seus artistas, apertados uns contra os outros, recebiam as palavras e exclamações dos convivas extasiados.

Éramos sempre convidados, eu e Joseph. Sentados em um canto do salão podíamos observar o movimento destes autômatos acompanhados de mulheres, algumas com ar tímido, outras agressivas em seu despudor de olhares e gestos.

Eu, que não mais pertencia a mundo nenhum, e Joseph, que vivia sua duplicidade, ficávamos largados em nossas poltronas, comendo e bebendo.

Não conversávamos com ninguém, olhando o movimento em nossa volta. Éramos estranhos, mas de alguma forma havia algo que nos unia. Seria nossa lealdade ao monstro em que se transformara meu antigo amante? Gordo, vestia ternos feitos sob medida e gravatas extravagantes com desenhos de cópias de quadros adquiridas em suas visitas a museus quando viajava à Europa ou Estados Unidos a trabalho. Sempre achava tempo de comprar objetos já embalados como presente para poder ofertar quando achasse necessário. Essas eram ninharias que distribuía como presente, mas as grandes, enormes somas gastas para comprar favores de políticos, eram considerados como investimentos.

Usava nesta época lentes de contato. Corriam-lhe lágrimas dos olhos sensíveis, que ele enxugava continuamente com lenços brancos de cambraia fina, bordados com suas iniciais.

Tinha mania de pôr iniciais em tudo que pudesse lhe pertencer. Desde as roupas íntimas aos pratos de porcelana e baixelas de mesa. Até os cães de guarda ostentavam nas coleiras medalhões dourados com as iniciais do dono.

Vivia assustado, como se um perigo lhe acompanhasse, por isso fazia questão de ter guarda-costas armados discretamente espalhados pela casa. Ao sair, era sempre acompanhado por dois deles: um ao seu lado, e outro ao do motorista.

Ivone parecia estar cada vez mais ausente. Tendo sido casada com um político corrupto, esta união que mantinha agora não lhe era desconhecida, nem as infrações do marido a incomodavam.

Só posso saber dela o que JC me contava. Quando cansado, vinha me visitar no luxuoso apartamento que comprara para mim. Pedia sempre que eu o emprestasse para um de seus encontros com mulheres que gostava de apanhar na rua ou numa boate. Nessas noites, eu saía de casa para um hotel ou passava as horas bebendo sozinha na casa de Joseph, que não bebia. Nunca se casou, a casa era desordenada, assim como sua aparência, apesar de ter uma criada que lhe era fiel.

Eu lhe perguntava: 'Joseph, o que você faz aqui?'. 'Nada, nada', respondia.

– Como nada, o que te une a este homem?

– O passado.

Joseph ficava dia a dia mais magro, enquanto seu amigo engordava a ponto de ter de usar suspensórios para segurar as calças que ele mantinha abaixo da barriga.

JC transformava-se. Assim como Joseph. Um falando sem parar, o outro, cada vez mais silencioso. Um se desfazendo na comida, bebida, e sexo, o outro abstinente, sóbrio, vivendo quase em jejum e indiferente ao sexo. Sei que escrevia um diário, escondido em um canto de seu quarto repleto de livros.

Vestia-se e comia mal, não amava mulher alguma, mas assim mesmo havia uma luz que brilhava, um ponto de luz lá no fundo, bem no fundo de seu olho azul.

Eu, que me tornara uma velha, mesmo que não tivesse idade bastante, vivia sem questionar.

Sofri depressões que tratei com psiquiatras, psicanalistas, psicoterapeutas, videntes, espíritas.

Da agitada e sensual ninfomaníaca, transformei-me também, sou hoje mais parecida com meu plácido e tolerante marido. O desejo se foi junto com meu útero e ovários retirados por causa de um tumor maligno e as diversas aplicações de radioterapia. Tudo pago por JC. Acho que precisava de nós, seus únicos amigos. Aqueles que o tinham conhecido e acompanhado até ali.

Nunca mais visitou os pais, mas telefonava nas festas de aniversário e Natal.

Não julgo, pois sei que mudanças existem sempre, mesmo que não apareçam para os outros ou a nós mesmos.

Esqueci de dizer. Teve dois filhos, que Ivone lhe deu já com idade um pouco avançada, o que a deixou enfraquecida e mais ausente.

Agora estou cansada. Vou tomar uns tragos do uísque que você gentilmente me trouxe, e depois dormir.

Volte amanhã que continuarei o resto da história de meu amigo.

Você está satisfeito. Jantou, bebeu o ótimo vinho australiano que te servi.

Já deitamos em minha linda cama, fizemos amor sem que eu tivesse a mínima vontade. Nem fingi estar gozando. Não gosto de fingir. Para você, tanto faz.

Eu sei que você quer mesmo é ouvir o resto da história. Pois bem. Vou continuar:

Ivone, fechada todos os dias em seu quarto, assistia aos filmes alugados ou comprados em quantidades, vistos sem critério ou julgamento. Bons, maus, belos, vulgares e divinos, eram-lhe todos iguais.

Retirava-se assim aos poucos, e se houvesse um jantar ou festa em sua casa, da qual nem mesmo se ocupava na preparação, comparecia por pouco tempo, para voltar ao seu quarto na companhia da TV e do Jack Daniels sorvido de um copo de cristal com um canudinho de plástico. Passava o dia em penhoar e quando fazia frio, apesar dos aquecedores e lareira acesa no quarto, vestia seu mantô de *vison* e chinelos de lã bordados que lhe subiam aos joelhos.

Sua empregada vinha trabalhar uma vez por semana em meu apartamento. Contava detalhes sobre a pobre vida de sua patroa, de quem ela gostava. Ivone era boa com os empregados, não se queixava, nem os aborrecia. Os filhos foram criados por babás, e ela apreciava vê-los em seu quarto, apesar dos meninos não suportarem o cheiro da bebida que sentiam ao entrar ali.

E assim Ivone caminhou, não, não caminhou, deixou-se carregar até o dia em que foi levada num dourado caixão coberto de flores.

Quando penso nela hoje, não posso deixar de gostar desta mulher que nunca falou comigo.

– E então, o que aconteceu com Jean Claude?

– Esta já é outra história. Vou te contar. Deita aí, fique sossegado, deixa-me tomar mais um trago, e te contarei o resto da vida de JC, um homem a mais, não diferente de tantos outros. Não sei... diferente... sim.

– Jean Claude freqüentava uma jovem com quem mantinha relação amorosa constante, isto quando não era obrigado a se ausentar por razões diversas. Uma delas era das salas dos tribunais onde transitavam vários processos contra ele. Tinha uma corte de advogados ali, exclusivamente para extricá-lo das acusações que pesavam sobre sua cabeça. Conseguira até então movimentar imensas somas, sem que se pudesse justificar a origem.

O dinheiro lavado em seu Banco era obtido através do tráfico de drogas, armas, munições e outros crimes contra a administração pública.

Muito tempo passou até chegado o momento em que o Estado conseguiu bloquear as suas contas bancárias, e confiscar os bens ilicitamente obtidos. A mansão e os quadros que pertenciam ao patrimônio de Ivone foram ardilosamente passados para os filhos.

Mesmo assim, possuía ainda vultosa fortuna e um apartamento de luxo no Rio de Janeiro, que estava ali para o dia em que fosse necessário fugir de seu país.

Saiu escondido, sem se preocupar com Joseph, que já se encontrava preso com um processo do qual dificilmente poderia se safar, pois muitos documentos tinham sua assinatura em papéis de que jamais se ocupara em ler. JC mandava, ele obedecia sem se preocupar. E assim o homem, cuja existência passara em total ignorância ou indagação, continuou a se alimentar de livros, escrevendo um diário, não se importando em que lugar estivesse.

Era um Bartleby ao revés. Em vez de dizer um grande Não, era um grande Sim que disse durante toda sua vida até o dia em que o encontraram enforcado na sua cela. Foi o único e grande Não que jamais pronunciou.

Última Parada, Rio de Janeiro

Chegou ao aeroporto do Galeão em pleno calor de quarenta e dois graus.

Tendo passado pela alfândega sem problemas, tomou um táxi, e aliviado, apesar do peso que sentia no peito, dirigiu-se ao luminoso apartamento na Lagoa Rodrigo de Freitas. Lá o esperavam Rosa, a empregada, e João, seu marido que servia de mordomo e chofer.

Não quis comer. Mesmo com a manhã radiosa em seu começo, tomou uma vodca com gelo sentado no terraço com vista para a lagoa.

A cidade não lhe era desconhecida, mas a sensação de estranheza e peso permanecia.

Pela primeira e última vez perguntou-se: "O que faço aqui? Quem sou?" Sempre viveu sem perguntas e agora elas surgiam? Não. Não ia fazê-lo mais.

Foi nesta luz, neste azul com seu Cristo de braços abertos, que começou a longa jornada para a escuridão que se instalou ali dentro, e quanto mais luziam os dias e noites cariocas, mais negra a sombra da desconfiança, do medo, se instalaram dentro do imenso corpo flácido.

Primeiro os pesadelos. Eram sempre perseguições. O sono só vinha com os remédios, acordava várias vezes durante a noite, sobressaltado com os vultos que o perseguiam. À noite os animais, e durante o dia homens armados que se escondiam para vigiá-lo. Via perigo em esquinas. Atravessava correndo as ruas para escapar de um imaginado assaltante.

Não saía mais de casa. Ali se sentia protegido. Com *shorts*, o peito nu, e as sandálias Havaianas, passava os dias no terraço bebericando vodca com gelo e limão, e as noites na TV até que o sono o derrubasse por algumas horas.

Resolveu telefonar para sua antiga amante, Madalena, que deixara sem mesmo avisar. Pediu-lhe que viesse, um advogado a ajudaria com documentos, dinheiro e passagem.

Madalena chegou com duas malas, era só o que possuía. Ao vê-la, JC sentiu que um elo perdido voltava a existir. Na noite, ao lado da mulher, conseguiu dormir pela primeira vez em tantos meses.

Como descrever alguém assim tão real e ao mesmo tempo transparente. Era muito branca, o cabelo loiro escorrido, amarrado em rabo-de-cavalo. Os olhos azuis, grandes, quase desbotados, perturbadores pelo olhar sereno e ao mesmo tempo retraído. Tímida e corajosa. Puro paradoxo.

Assim que chegou, tomou conta da casa sem nenhum constrangimento. Rosa e João a amaram imediatamente. Espalhou em sua volta ternura e força.

JC deixou-se tratar como se fosse um menino. Não saía de seu lado, pois perto dela o medo desaparecia. Até à praia aceitou ir em sua companhia.

Madalena, sempre vestida de branco, habituada pela antiga profissão de enfermeira, e também porque o branco tudo tinha a ver com sua personalidade, dava-lhe banhos refrescantes de ervas que comprava no mercado de rua. As massagens com óleos de rosa deixavam-no em estado de pureza e letargia.

Costumava ler *As Mil e Uma Noites*, que ele ouvia, mais embalado pela voz do que pelo significado. Nunca lera, as tramas lhe eram indiferentes. Transformou-se aos poucos em um animal pacífico. O vício da corrupção pelo amor ao dinheiro, desapareceu.

Um dia Madalena confessou-lhe a vontade que tinha de ter um filho. Adotaram um, depois mais dois. Todos meninos. JC, que nunca fora um verdadeiro pai, apreciava a alegria que as crianças lhe proporcionavam com seu ruído feliz.

Ao mesmo tempo em que engordava, dormia e vivia a vida de um córrego sem ondas, seu corpo deteriorava por dentro consumindo-o, sem que nem ele ou sua mulher o percebessem. A gordura transformara-se em inchaço. Não sentia dores, nenhum sintoma o incomodava. Continuou no seu habitual e tranqüilo pântano, a não ser uma incômoda tumefação no peito, uma grande mancha vermelha que ia crescendo e era tratada pelos médicos como um eczema de pele.

Era domingo, as crianças brincavam na praia com a babá. O casal resolveu passear pelas ruas antigas da Urca, um bairro residencial de velhas casas e alguns luxuosos apartamentos.

Ao passar por um terreno vazio, um canteiro de obras, viram alguns operários. Trabalhavam apesar do dia de descanso. Madalena sentou-se na amurada que rodeava a plácida baía, onde alguns homens lá estavam com suas varas de pesca. Ficou longo tempo olhando as doces águas.

JC, impaciente, entrou no enorme terreno vazio rodeado de telas de lona vermelha.

Não voltando, Madalena começou a chamá-lo. Ninguém respondia. Preocupada, afundou os pés no lamaçal em obras já abandonadas. Escurecia rapidamente.

Começou a procura. Percorreu o bairro todo chamando por ele. Caminhou muito até a exaustão, resolveu voltar para casa.

Telefonou à Polícia, iniciou-se a busca pelos hospitais e logradouros da cidade.

Finalmente o encontraram deitado em uma maca no longo corredor apinhado do Hospital Monte Carmelo. Tinha sido encontrado num lugar ermo perto de uma favela, bem longe de onde estivera.

Atado a tubos, no rosto uma máscara de oxigênio, os olhos fechados. Ao ouvir a voz de sua mulher, deu-lhe um sorriso e voltou a dormir. Ainda existia porque era amado.

Os médicos não conseguiam diagnosticar o que acontecia com esse homem tão passivo que tudo aceitava sem se queixar.

Vários exames foram feitos, a pressão arterial estável, tornara-se um mistério médico. O que os intrigava era a grande mancha vermelha no peito e a boca sempre aberta pela qual nada recebia.

Assim, dormindo cada vez de maneira mais profunda, passadas quatro noites nas quais morria diferentes mortes, terminou sua vida. Um grande e misterioso sono. No dia vinte e cinco do nono mês.

Madalena, Rosa e João acompanharam o caixão que chegou antes deles, e se encontrava no buraco de terra com o coveiro ao lado.

Como não tinha havido velório, o caixão já tinha sido fechado. Madalena, para o espanto de quem a acompanhava e do coveiro, pediu que o abrissem. Queria se despedir do marido e colocar ao seu lado um lenço de seda branco envolvendo a foto de ambos.

Aberto o caixão, todos menos Madalena se espantaram com o vazio de seda que forrava o seu interior.

Um forte perfume de rosas espalhou-se pelo ar. Sorrindo, ela depositou ali o lenço branco ao lado da flor que crescera no peito de JC, e que era a única coisa que dele restara. Uma pergunta. Por quê? A flor floresce sem porquê, mas nos oferece uma possibilidade. A de perguntar.

Nada foi dito. Era tão serena a expressão em seu rosto que os outros não ousaram fazer qualquer comentário.

Foi para casa, onde a esperavam os três meninos.

Dormiu três dias e noites seguidas. Quando acordou, começou a nova existência que lhe tinha sido apontada durante o sono.

A ausência tornou-se mais presente do que a própria existência. JC passou a existir a partir de seu desaparecimento, de maneira mais intensa através de Madalena, que se tornou dona de um outro amor. Aquele que é o dom daquilo que não se tem.

O culpável não é morto, mas é exposto para que os deuses o salvem da matéria na qual procurou a satisfação.

Dedicou-se à construção de uma creche onde todo o dinheiro deixado por JC foi empregado no auxílio de crianças cujas vidas, na sua nudez e abandono, encontraram acolhimento e amor.

"No dia vinte e cinco do nono mês – chamado Casleu – do ano 148, eles se levantaram de manhã cedo e ofereceram um sacrifício, segundo as prescrições da Lei, sobre o novo altar dos holocaustos que haviam construído. Exatamente no mês e no dia em que os gentios o tinham profanado, foi o altar novamente consagrado com cânticos e ao som de cítaras, harpas e címbalos [...]. E Judas, com seus irmãos e toda a assembléia de Israel, estabeleceu que os dias da dedicação do altar seriam celebrados a seu tempo, cada oito dias, a partir do dia vinte e cinco do mês de Casleu, com júbilo e alegria".

– Esta é a história, meu amigo, que acabo de lhe contar. Agora escreva o que quiser.

V.

Lou
ou A Vida Contemplativa

Maude deu à luz. DEU À LUZ. Um menino loiro, a cabeça coberta de uma penugem dourada brilhante, os olhos azuis sempre abertos. Nascido com quatro quilos e meio, parecia um bebê de seis meses. As enfermeiras comentavam e iam ao quarto para vê-lo.

Cresceu sempre sob a admiração de quem o via. Era, além de belo, também muito vivo, aprendeu a falar e andou muito cedo.

A casa sempre sombria se iluminou. Suas brincadeiras eram diferentes das de outras crianças. Passava horas absorto olhando as formigas no jardim. Sentava-se ao lado do cachorro manco e mantinha longas conversas, sentenças que ninguém entendia. Só o cão parecia entendê-lo. Imitava o canto dos pássaros e das cigarras. No resto não era diferente dos irmãos. Pegou as doenças infantis todas, tomou as vacinas, teve febre alta por causa da garganta, diarréias, falta de apetite. Maude enlouquecia tentando fazer com que aceitasse os alimentos.

Era caprichoso, chorava à toa. Mimado não só pelos pais como por seus irmãos. Era o caçula. Tipicamente caçula, se diferenciava, porém, dos outros, de uma forma difícil de ser explicada.

Escondia-se debaixo da mesa, falava sozinho na língua inventada. Brincava com qualquer coisa que não fossem os brinquedos infantis. Estes eram guardados no armário ou em baixo da cama. Seus brinquedos eram caixas de fósforos, barbantes, bolas de algodão, e até algum inseto morto que encontrasse fora de casa. Contava histórias, falava o tempo todo. À noite antes de dormir permanecia muito tempo ainda a falar com seres inventados. Assustava-se com imagens de velhos de barba branca, e ia para a cama dos pais até adormecer.

Assim passou a infância. Como gostava de ler, construía prateleiras no seu quarto com os livrinhos que recebia de presente, todos alinhados em ordem por tamanho. Além dos livros guardava as folhas brancas dos cadernos de desenho que os irmãos lhe traziam da escola.

Nos cadernos não tocava. Estes ele escondia. Deitado no chão, ficava desenhando em pequeninos pedaços de papel de embrulho encontrados na cozinha trazidos das compras por Maude.

Quando a família se reunia à noite para ver a TV, ia para debaixo da mesa.

Só saía dali, da sua cabana coberta com grande toalha branca que vinha até o chão, com a mãe o agarrando e pondo para fora ao som de seus gritos de revolta. Brincava com fósforos, fazia pequenas fogueiras com os palitos que deixavam a mãe furiosa. Foi proibido de brincar com fogo dentro de casa, mas lhe permitiram que o fizesse no jardim, tal era sua teimosia e prazer nas brincadeiras com os gravetos secos que ele empilhava cuidadosamente. Um dia dispôs gravetos em volta da casa, e ateou fogo. A brincadeira custou-lhe a proibição de mexer com fogo. O pai dizia em tom zombeteiro que estavam a criar um incendiário em casa. No inverno, acesa a imensa lareira de pedra, Louis, era esse seu nome, chamado por todos de Lou, deitava-se bem perto do fogo e com o olhar fixo cantava uma cantilena cujo significado só ele conhecia. A mãe o mantinha afastado, mas ele voltava sempre, atraído pela maravilha da dança em chamas.

Pulava em frente às labaredas, como um pequeno animal. Dançava também ao ouvir as músicas que os pais punham no aparelho de som. De todas, as que mais gostava eram as de Schubert e Mozart. De ópera não gostava, não suportava as vozes. Só a da mãe cantarolando na cozinha. Coisa rara, pois Maude pouco cantava, como pouco sorria a não ser com as esquisitices de seu caçula.

Quando o levou ao jardim da infância, temerosa que ele chorasse ou não quisesse ficar, admirou-se da facilidade com que aceitou imediatamente o convívio com a professora e as crianças. Ele amava brincar e continuou a ser mimado pela professora que o adorava. E isto se repetiu durante toda sua vida escolar, que transcorreu sem problemas. Sempre gostou de brincadeiras, era alegre e foi muito amado por colegas e professores.

Não foi aluno brilhante, mas suas notas nunca foram baixas salvo em gramática e geografia. Mesmo assim não repetia o ano.

Já no ginásio, começou a se delinear uma característica que aos poucos tomou forma mais clara ao cursar a faculdade de filosofia.

Iniciou uma vida dupla. A da relação com os outros, amigos, professores, família, e a vida secreta só sua, quando estava sozinho.

Desaparecia então a alegria, e por longo tempo permitia-se ficar deitado numa espécie de meditação ativa. Um questionamento contínuo, para o qual procurava respostas que não estavam nos livros que lia durante horas na biblioteca da Universidade e também na Biblioteca Pública, que freqüentava nos horários livres.

Apreciava certos filósofos, mas não encontrava respostas às questões que lhe surgiam.

Era religioso, agnóstico, ateu? Não sabia ainda.

O sacrifício da figura paterna em troca de um poder maior, poder da superação de si mesmo, Deus estaria realmente morto? Seria só uma conjectura? A inversão dos códigos cristãos o fazia voltar-se aos livros sagrados para retornar em seguida à figura do super-homem.

Assim encontrou-se nesta terra de ninguém que não oferecia certezas, e era de certezas que necessitava.

Afastando-se da procura da verdade, daquilo que chamava de os vícios universitários, começou a desconfiar de tudo.

Desviaram-se de seu interesse as relações entre fé e razão, e procurou na matemática uma certeza maior, pois seus enunciados não acusavam uma verdade, somente a certeza relativa. Porém no momento em que começou a se manifestar à incompreensão matemática, e a sentir a sensação de vazio sobre o que poderia haver de verdadeiro no que era articulado, abandonou a matemática.

Ficou longo tempo na procura, desta vez não mais da filosofia. Vagava pelas ruas, procurando, em si e nos outros, algo que lhe indicasse o caminho. Do conhecimento como uma espécie de possessão, voltou-se para outro. O Amor.

Passou a procurar o amor em todas as mulheres que via. Não importava que fossem jovens e bonitas, feias ou velhas. Em todas procurava um sinal.

Apesar de belo como um anjo loiro, as mulheres se afastavam dele. Como de um perigo.

Um dia resolveu assistir à conferência de um famoso professor. Ao entrar no anfiteatro, reparou a sala cheia de velhas damas. Tentou estabelecer uma relação entre o tema abordado e o fato de que só ele e uma jovem assistiam à aula.

Tinha necessidade de relacionar causa e efeito, de verificar as razões, e isto sem nenhum espírito científico, só para explicar, assim, por uma necessidade de satisfazer o indeterminado.

O indeterminado era sua realidade, por que não aceitar a sensação de vaga constante que se modificava em infinitas combinações?

Procurou uma cadeira rodeada de vazio. Não suportando os agrupamentos humanos, como se algo em si fosse tocado, sujo, não agüentava o contato de um braço, de um ombro, ou o hálito de alguém a seu lado. Teria preferido sentar-se ao lado da jovem, mas não havia mais espaço à sua volta.

Sentou-se para assistir à concorrida aula. Mais de cem pessoas. Qual a diferença entre assistir uma aula e ler o livro do autor?

Devia haver uma razão. Sentir-se rodeado do outro, porém isolado. Encher o vazio? Como preencher o vazio que desejava continuasse vazio?

Algumas velhas tinham o rosto triste e profundo, outras irrequietas e palpitantes falavam, como falavam. Com seus estranhos chapeuzinhos pousados sem grande cuidado.

Olhou para a jovem, que calmamente parecia nada ver, absorta em si mesma. Era bonita e tinha um certo atrativo com a saia curta e as pernas cruzadas.

Cada uma das mulheres, ao contrário das jovens que estava habituado a ver nas salas de aula, tinha o seu *status* social e econômico determinado. Virou-se para trás, chamou-lhe a atenção um velhinho de raros cabelos brancos, a cabeça inclinada para a frente, que dormia. Seus dedos entreabriam a folha de um livro que tinha por título *O Mistério dos Números*. Esta visão o comoveu de tal forma que lhe subiram as lágrimas. Porque não poderia a velhice ser bela. Gostaria de encontrar na velhice uma certa grandiosidade, como o final de uma obra sinfônica.

O homem nesta sede, na procura eterna. Uma pobre cabeça de velho, enrugada, fraca, em cima do "mistério dos números". Era isto o homem. O desconhecido para si mesmo e para os outros à procura de significados.

Terminada a aula, aproximou-se da jovem e iniciou uma conversa fútil. Algo relacionado com o tema da conferência. Edgar Allan Poe, sobre as condições para a felicidade. Era este o tema desenvolvido pelo professor.

Convidou-a para tomar um café. Era domingo, havia um ar de descanso, e Helena aceitou. Começaram a falar sobre os pontos abordados durante a aula. "A vida no campo, o amor por outro ser, a liberdade na ausência de ambição, e finalmente, a criação como a forma máxima de felicidade". Superficialmente. Em certo momento, a conversa parou e não havia mais o que dizer.

Lou não sabia como continuar o encontro. Helena olhava para ele. Assim, sentados, mudos, ficaram alguns minutos. Helena falou. Secamente, de maneira ríspida: "Vamos para tua casa?".

Sentiu um aperto na garganta. Pagou os cafés e seguiu para a porta pensando em como encontrariam seu quarto que ele não arrumara ao sair. A cama desfeita, os montes de livros no chão. Não tinha dinheiro para prateleiras que tanto apreciava.

Ao entrar no apartamento minúsculo, desculpou-se abrindo as janelas para que ao menos entrasse o ar fresco da tarde.

Helena pediu-lhe lençóis limpos, e como uma dona de casa compenetrada, arrumou a cama, bateu os travesseiros, e estendeu a manta de lã.

Tirou a roupa, e deitou-se, sempre calada. Não olhava para ele, nem para o quarto em sua volta. Simplesmente ficou ali à espera.

Lou não sabia como agir. Sentou-se ao lado da cama e esqueceu-se de tudo, ao observar o corpo alvo, perfeito, os seios pequenos com os círculos rosados. A cabeça reclinada era de uma beleza extrema, os cabelos muito loiros.

Olhou para ela como se não fosse mulher. Percebeu o quanto era parecida com sua própria imagem, não a real, mas aquela que podia vislumbrar no espelho enevoado, ao sair do banho.

Deitou-se ao seu lado e não conseguiu tocá-la. Sentia medo. Não sabia de quê. Não era medo da mulher, mas da imagem que lhe parecia intocável.

Helena ficou algum tempo deitada, sem se mover. Levantou-se, vestiu a roupa que estava dobrada com cuidado sobre a cadeira, e saiu, sem dizer palavra. Fechou a porta silenciosamente e deixou lá deitado um jovem atônito, imóvel e assustado.

Já tivera namoradas, não era inexperiente no amor, aquele em que não houvera real amor, só desejo. Agora tinha sido diferente das outras vezes.

Seria o fato de vê-la como reflexo de sua própria imagem? Viria daí o medo que sentia?

Não sabia o que fazer e, sem querer sair do quarto, acabou dormindo um sono leve, acordando várias vezes. Com a luz da manhã tomou algumas resoluções. Iria procurá-la.

Sabia que Helena freqüentava o curso de letras na mesma faculdade em que ele estudara. Para lá decidiu ir até falar com ela. Desta vez queria falar. Não como no primeiro encontro. Encontrou-a.

Sentados em um banco de jardim, ela falou. Só, sem respiro, sem interrupções, falou sem parar. Era um monólogo. Como se ele não existisse.

— Sou filha de pais ricos, vivo em uma casa na rua onde só existem prédios de apartamentos. É a única casa que ficou, e que será minha, pois sou filha única.

Vou descrever para você onde eu moro, onde durmo, minha sala. O que é minha sala senão meu mundo acolchoado, cavernoso e sombrio.

E o que vale a descrição se ao descrevê-la não é mais meu mundo que surge.

Sei que não interessa a você, minha sala, minha casa. Você quer saber de mim.

Quando me pergunto de que vale descrever...

É claro que não se trata de juntar palavras, assim como faço agora com você. Mas de dar testemunho. Do quê? De minha vida? Não me olhe com esse ar espantado, ou é simples curiosidade?

Você não tem medo? Eu tenho muito. Acho que é disso que se trata, não é? Não há um sonho que já não tenha sido sonhado, nenhum pesadelo mais terrível do que a vida e a morte encetam em seu combate eterno.

Continuou falando como se tivesse decorado uma página impressa:

— Aquela conferência sobre a felicidade que assistimos não é mais que uma balela. Não acredito na felicidade nem no amor.

Parou repentinamente. Parecia um boneco, cuja corda tinha acabado.

Lou ficou ali, sentado, sem ter o que dizer. Queria falar com ela novamente, mas não conseguiu. Assim como quando estavam na cama, também não conseguia se aproximar.

Crescia a sensação de que ela não era de carne. Só uma imagem que falava, que poderia ser ele mesmo.

Se despediram e marcaram um novo encontro, não querendo perdê-la apesar de continuar o mistério, ou quem sabe, por isso mesmo.

Foi para o quarto, tonto, tropeçou na escada e a dor que sentiu no tornozelo era mais real e agradável do que acontecia com ele então.

Não saiu durante um tempo, não sei quantos dias foram. Levantava cedo. Tomava um café no bar da esquina, comprava leite, pão, queijo, maçãs e voltava para o quarto.

Escrevia, ao sentir fome comia rapidamente e voltava a escrever até a noite. Na rua sentava-se no mesmo bar, onde bebia uma jarra de vinho. Nunca foi de beber muito. Mas naquele momento o vinho dava-lhe bem-estar, segurança.

Estar só era exatamente o que desejava. Sem interrupções.

Helena bateu em sua porta. Atordoado não só pela sua presença, mas pela interrupção do que estava escrevendo, convidou-a a entrar, mesmo que ela já estivesse dentro.

Parecia mais humana, menos distante. Queria saber o que escrevia. Não quis mostrar-lhe.

– São poemas, nada importante. Ela não insistiu.

Pela primeira vez disse-lhe o que sentia com relação ao problema do conhecimento. A procura na faculdade, nas bibliotecas, na filosofia e matemática enfim. Sem resposta. Sabia que a ciência e o conhecimento não resolveriam o problema maior da natureza, do Universo, da Grande Unidade. Teria de procurá-la através de outros meios. Era o que fazia, ou tentava fazer.

Na verdade não era esta a procura real. O que queria era saber quem era, mas isso não disse.

Ela não respondeu. Como sempre, olhava para o vazio, e o vazio era ele em sua frente.

Nesta noite ficaram juntos e fizeram amor. Sempre acho que fazer amor não é o que se faz no ato sexual. Amor se faz no amor que cobre todos os gestos e o ato sexual é mais uma forma de amar quando se ama ou não. Porém o que fizeram foi um ato sexual, no qual cada um estava profundamente comprometido com o seu prazer. Um, o objeto do outro. O que era importante, chegar ao clímax, ao se dar, dele não restava muita coisa. Existem mulheres que querem continuar no abraço, no calor do companheiro. Outras se afastam, assim que terminado. Helena era assim. Saiu da cama, entrou na sala de banho, voltou, vestiu-se e, dando-lhe um beijo fraternal, se foi.

Ficou deitado, com alívio, pois não gostava de sentir a presença de alguém o enlaçando, nem o calor de um corpo ao seu lado. Nisto e em outras coisas eram parecidos. Especialmente na falta do desejo e na necessidade de manter suas vidas intocadas pelo outro.

Continuaram se encontrando, nada mudava. Não sabia muita coisa dela, nem ela dele. Falavam pouco. Ambos eram sós. E era esse seu desejo.

Chegou o momento que esperava. Teria de arranjar um trabalho, pois o pouco dinheiro já não era bastante para pagar o quarto e a comida.

Conseguiu um emprego como professor de escola primária. Não gostava do barulho, não entendia o mundo infantil, nem sentia afeto por esses pequenos seres que via como estranhos. A infância era um mistério que não interessava desvendar.

Escrevia seus poemas, guardava-os em uma gaveta, sem mostrá-los a ninguém. Assim viveu algum tempo. Foram meses? Anos, não sei. A relação com Helena não mudou muito, salvo quando surgiu a idéia de morar juntos na casa que agora já era só sua. Os pais morreram um após o outro. Nunca os conheceu, nem deles ouviu falar. A indiferença da mulher que não o conhecia e que, além do seu corpo, nem ele conhecia, não era só em relação ao mundo que a rodeava, como aos pais, de quem ele nunca soube se tinha amado. Mesmo sabendo que poderia largar o emprego na escola se fosse morar com ela, resolveu manter sua liberdade. Aproveitou, porém, a possibilidade que ela lhe oferecia de viajar. Viajaram durante meses.

Nesta época iniciou a tradução da *Divina Comédia*. Não conhecendo perfeitamente o italiano, valia-se das traduções existentes. Helena o ajudou.

Viajaram à Grécia, onde fez alguns retiros espirituais em mosteiros no monte Athos e outras localidades. Estudou o grego e leu as obras de Homero no original, com a ajuda de um companheiro que lecionava em Atenas. Neste período, Helena, com interesse pela psicanálise, tendo lido o trabalho de Freud sobre Gradiva a bela caminhante de Pompéia, resolveu passar uns tempos sozinha, visitando Pompéia e outros lugares.

Percorreram Israel e Palestina, onde ficou hospedado em um antigo convento cristão, belíssimo e cheio de flores ao lado da grande muralha que separava os dois países, em Jerusalém.

Enquanto caminhava pela cidade velha, Helena residia no luxuoso Hotel David.

Numa das visitas à cidade velha dentro dos muros, conheceu o professor Spitzer. Tomava aquele café grosso com pó no fundo da xícara e o cardamomo, que apreciava muito, sentado em um bar logo na entrada da cidade. O velho professor de rosto vermelho e corpulento dirigiu-lhe a palavra. Logo estavam sentados juntos, conversando como velhos amigos.

Acompanhou-o até sua moradia, era um minúsculo apartamento com dois quartos, cobertos de livros do chão ao teto. Uma pequena cozinha onde ele podia preparar suas refeições quando quisesses. Não pagava aluguel, era a residência de antigos professores aposentados. Podia comer em um grande refeitório no térreo do prédio de três andares, mas preferia ficar só e preparar sua comida.

Conversaram longamente, seu conhecimento era imenso. Tinha traduzido a *Bíblia*. Tomaram vinho, bastante. Ele dizia que o vinho era a única bebida civilizada. Odiava o uísque, dizia ser bebida de bárbaros.

Combinaram se encontrar no dia seguinte dentro dos muros. Tinha que fazer visitas aos diversos bispos de diferentes igrejas.

Lou acompanhou-o, eram só visitas de cortesia aos velhos amigos. Quando saíram, resolveu andar pelos muros altos que rodeavam a cidade velha. Altos demais para ele, que já sofria de um problema cardíaco. Subiu com dificuldade as escadas e ofegante dava-lhe aulas, querendo que entendesse o significado daquilo tudo. Desde o passado remoto, até então.

Nunca esqueceu do velho professor, que morreu logo depois.

Partiram, ele e Helena, para o Extremo Oriente, onde conheceram o Japão e a China. Interessou-se pelas doutrinas religiosas e filosóficas do oriente, especialmente pelo budismo.

Chegou a guerra e tiveram de voltar. Terminou a tradução da *Divina Comédia*.

Helena cuidou de sua edição. Conhecia pessoas, amigos da família. Depois de muitas discussões, o livro foi publicado. Ganhou um prêmio literário.

Foi receber o prêmio que, apesar de ser considerado o mais importante do país, não lhe trouxe orgulho nem alegria, mas à Helena, grande contentamento apesar de sua frieza aparente.

Percebeu então o quanto sua vida era constituída de meias verdades. E sua inteligência nada mais do que uma certa esperteza, um engenho perverso que ela sabia usar com maestria.

Nada mudou para ele que, cético e niilista, ainda procurava respostas. Não lhe satisfaziam as negações que o deixavam imóvel e sempre no mesmo desconcerto e angústia. Repetia-se o antigo esquema que o impedia de evoluir.

Tudo isto não passa de um brinquedo fútil, cruel e sem sentido, um brinquedo sem começo e fim. O nono mês era isso? O intervalo entre o nada e o nada?

O budismo hindu ou chinês ainda o interessava. Resolveu seguir seu caminho na procura, sempre na procura, sem serenidade nem lucidez.

O Caminho

Antes de viajar, aconteceu um fato inesperado. Helena engravidou. Nunca a tinha visto tão feliz. Mudou. Seu rosto, sempre inexpressivo, transmitia emoção, brilhava, e não precisou dizer o que sentia.

Difícil dizer o que se passava em Lou. Mistura de raiva, ciúme, e amor, que nunca sentira antes. Assim como sempre foi, continuaram a se comunicar por curtas frases. Quase secas. Uma forma de comunicação que agora começava a se diluir aos poucos. As palavras passaram a ter um significado mais amplo, mais essencial. A barriga de Helena crescia, e com ela a relação, que apesar da inexplicável raiva, tornara-se mais profunda.

Eram dois abismos que se aproximavam. Não tentou explicar o que acontecia. Ele que sempre procurou razões, certezas, via-se no centro do total e absoluto desconhecimento.

Nasceu o menino, e era o mesmo que se repetia. Helena deu à luz. DEU À LUZ. Um menino loiro, a cabeça coberta de uma penugem dourada que brilhava, os olhos azuis sempre abertos. Nascido com quatro quilos e meio, parecia um bebê de seis meses. As enfermeiras iam ao quarto para vê-lo.

Ele contemplava a criatura que era seu duplo. Sentia enorme curiosidade. Seria também como ele? Não queria que fosse.

Entrou na igreja que ficava ao lado da maternidade, ajoelhou-se frente à figura de Santana, e pediu, chorou como nunca. Pediu que o menino que vinha de nascer não tivesse sua sorte e dor. Que fosse outro, diverso, sem dúvidas escorchantes, nem certezas dissimuladas. Que não fosse como ele, ser oculto de si mesmo.

Saiu da igreja e caminhou sem saber ao certo para onde ia. Seu corpo desaparecia, só restava dele a dor no peito e o coração que palpitava.

Sentou-se em um banco de jardim e assim ficou um tempo, não sei quanto. Era noite e foi para o quarto que ainda mantinha, apesar de passar as noites na casa de Helena. Transformara-se o quarto em um depósito de livros, onde até a cama servia de suporte para o peso de todas as publicações, folhetos, cartas, mapas, papéis impressos e jornais velhos. Olhou para tudo aquilo e teve imensa vontade de pôr fogo e de se queimar junto na fogueira de papel e tinta, onde sua vida se extinguisse transformada em fumaça junto ao que tinha sido seu legado, um monte de papel e uma interrogação.

Pensou então que havia um filho seu, de carne, não mais a sua que tinha se transformado em palavras, mas a dele, diferente em tudo. Sentiria a dor e a alegria, o amor e a tristeza. Sentiria tudo no corpo-alma que eram uma só coisa. Diferente. Essa seria sua felicidade, pois sentir era o que Helena e ele tinham doado com seu amor. Amor? Aquilo que nunca possuíram, agora podiam lhe dar, continuando a ser os mesmos de sempre.

Resolveu seguir caminho. Nas viagens pelo oriente, através de leituras e observações teve contato com o hinduísmo, o sufismo e budismo, sem jamais ter perdido de vista a religião de seus pais que eram católicos. Como sempre sua curiosidade era só intelectual. Não levava a nada que pudesse modificar sua maneira de ser.

A existência não habituada à prática espiritual só adquiria conhecimento através das palavras escritas e era incapaz de chegar ao silêncio que sabia existir como fonte de sabedoria e bondade.

Andou à procura da alma, e não conseguia encontrá-la no papel e tinta. Nunca sentiu o grande amor tampouco, pois só o conheceu na poesia. Dante e Beatrice, poderia admirar sempre através da palavra, cada vez mais bela e menos conhecida.

Queria apagar tudo. Voltar a ser um simples homem. Um homem simples. Um homem.

Ele o encontrou deitado na terra que rodeava um convento que visitou no Tibet. Não dormia, olhava atentamente o céu.

Observou-o durante longo tempo.

Sentou-se o velho, e passou a olhar para Lou com a mesma intensidade com a qual estivera olhando para o céu. Sorriu com um sorriso desdentado.

Lembrou-se então de algo que tinha lido em um livro sobre o Tao:

"Seu corpo é seco
Como o osso de uma perna velha,
Sua mente é morta
Como cinzas apagadas:
Seu conhecimento é sólido,
Sua sabedoria, verdadeira!
Na profunda escuridão da noite
Ele vagueia livremente,
Sem objetivos
E sem planos:
Quem é capaz de comparar-se a este homem desdentado?"

(XXII, 3 *A Via de Chuang Tzu*)

Ficou sentado longamente, só olhavam um para o outro.

Voltou para perto deste velho sábio que não falou durante toda uma semana. Acordava cedo e passava horas diante dele sem pronunciar palavra.

Um dia, chegou ao lugar em que sentavam frente a frente, não o encontrando mais.

Ficou sete dias procurando.

Ninguém sabia dele.

Resolveu voltar para a Índia, e de lá para casa.

Algo dentro de si tinha mudado. Alguma coisa que não era produto de estudos, nem mesmo de um conhecimento maior sobre o budismo ou outra filosofia.

Sentia uma paz interior, como se aquele olhar de velho estivesse a lhe seguir e o inundasse de uma sabedoria sem palavras que não podia explicar.

Não leu mais, nem os livros todos que tinha comprado sobre os numerosos textos budistas e de exercícios de Vida Espiritual. De alguma forma, o velho desdentado tinha lhe impregnado de Presença. Aprendeu a viver o presente em toda a sua intensidade, acordado, observando o mundo em sua volta com mil olhos e ouvidos atentos.

Envelheceu rapidamente, o tempo tornou-se curto, não perguntou mais sobre a vida ou a morte.

Não sabia se este era o caminho, mas que importa?

Ficou junto da mulher e filho.

Sorria para ela e a criança. Não estava deprimido, nem triste, só em paz. E assim ficou. Em paz.

VI.

A Família

 Toalha

Giovanni Pascoli

Diziam-lhe: "Cuida, menina,
de não deixar estendida,
da véspera até a matina,
a toalha branca esquecida;
mas guarde-a no seu lugar
quando a ceia terminar,
pra que não venham os mortos,
os tristes, pálidos mortos!"

"Entram, ansiosos, calados,
exaustos num bravo arranco,
e se reúnem, sentados
à volta daquele branco;
quedam-se até que amanheça,
com as duas mãos na cabeça,
sem que mais nada se sinta,
sob uma lâmpada extinta".

Já cresceu a menininha:
governa com perfeição
a casa, o tanque e a cozinha;
faz tudo ao modo de então,
cuida de tudo, trabalha,
mas não recolhe a toalha
"Deixa que venham os morto, os bons, os pobres dos mortos".

Ah! Noite escura, escura,
de frio, de chuva, de neve,
livrai-lhes, logo, abertura
para ansiedade tão leve
que a mesa, e em companhia,
repousem até o outro dia,

buscando recordos vãos,
com a cabeça nas mãos.

Desde a tarde, até a manhã,
buscando coisas de então,
indagam a imagem vã
de uma migalha de pão:
no empenho de recordar
só lagrimas têm pra dar.
Oh! não recordam, os mortos,
os caros, caros seus mortos. Pão, sim... é pão
que se chama,
que repartíamos, concordes:
recordais?... É tela, a dama:
de que tanto havia... recordes!
"E estas?... Estas são duas nossas,
 quais vossas e tuas lágrimas de árduo pesar,
caídas ao recordar"

Estavam todos lá. Os mortos e os vivos. Era a noite de Ano Novo, quando a família se reunia.
   Maude como sempre atarefada na cozinha. Claude tinha voltado da vila onde ia buscar o pão, vinho e salame.

A torta encomendada já se encontrava na geladeira. Nada mudara. Nem mesmo o cheiro de estrebaria. O cavalinho e o cachorro não voltaram para o encontro familiar.

A imensa lareira acesa, a TV ligada, sentavam-se todos ali na velha sala, como se ali tivessem sempre estado.

Woolf, Jean Claude, Saint Lou, e o pai.

Não falavam. Cada um perdido em seu mundo já perdido. Exilados como sempre. De si mesmo e dos outros. Apesar das diferentes idades, agora tinham uma só. A não idade dos que se foram.

Não trocaram palavra. O diálogo, porém, era intenso. Só o calor de um corpo ao lado do outro.

— Nunca fui daqui, nem da floresta. Senti saudades sempre. Não vivi no mundo dos homens nem dos animais.

— Você não tinha no que se apoiar. Eu me apoiei em tudo que o mundo dos homens me ofereceu. A maldade, a malícia, engano, roubo e indiferença.

— E o amor?

— Nunca soube o que era, até o fim, quando o senti. Sublime e magnífico. Já tarde. O dom me foi dado e retirado ao mesmo tempo.

Como amei nas quatro noites de minha morte! Uma dor perdida, e a desejei tanto, enquanto o olho do coração se fechava. Só fiquei com o ardor no peito que me levou.

– E você pai?

– Amei muito. Não o sabia às vezes. O amor, não importa qual, desde o mais absurdo e abjeto ao mais nobre e poderoso. Eu os vivi todos; foi a única coisa que restou.

Lembro-me de um deles. Toda vez que vinha a chuva fina, leve, deliciosa, Saba dizia que eram os anjos mijando. E os arco-íris eram os olhos de Deus irradiando sua alegria.

Já o disse antes, e repito. Só mesmo os anjos são capazes de fazer Deus feliz e colorido como o arco-íris.

Eu que era ateu, ao lado de Saba, vivia suspenso. A alma não tinha os meios nem o poder para ir além das paredes de meu corpo, a não ser em certos momentos que vinham e desapareciam, e que com Saba desapareceram para sempre.

O único que posso chamar deste eu que desconheço é este ser que pensa. Sou eu?

O perfume que entrava pela janela aberta era bom. Havia paz nestes momentos. Gostaria de tê-lo mantido.

O Paraíso artificial, o Paraíso natural. Vivi os dois da mesma forma. Uma intoxicadora, a outra visionária. Eram ambas iguais para mim.

– Eu? Eu faço hoje a coleção imaginária daqueles que vão chorar no meu enterro. Não serão muitos. Minha mulher e filho.

Sonho com todos que não se lembrarão de mim, que gostaria se lembrassem. Minha paz não é da vida nem da morte. É uma pausa. Uma espera. Vocês acham que não desejei? Foi tanto o desejo, que pela dor e medo de não conseguir saciá-lo, fugi... e encontrei a pausa que não é nem a satisfação nem a negação do desejo.

O meu amor era tão grande, se espraiava dentro de um arcabouço tão pequeno para contê-lo que sentia dores sempre. Hoje não as sinto mais. Só o peso inerte que me impede de ver a nesga de luz, a beleza exposta para seu reconhecimento. Sou medíocre, pai, Deus deu-me uma rasteira, se é que ele existe.

— Existe

— E o que seria?

— Não sei, o amor talvez...

A luz se apagou, só ficaram as velas acesas e o brilho que vinha de fora. Uma gigantesca lua branca iluminava as árvores cobertas de neve.

Maude vem da cozinha, acalorada, os cabelos brancos em desordem iluminados pela luz das velas. As mãos ainda seguram um pano de pratos sujo. Olha para todos e os compreende. Paciente e docilmente os ama.

— Venham minhas crianças. Vamos comer.